W0465083

JINRUISHOKU

© 2023 by Mitsuchiyomaru, Yuki Sato
All rights reserved.
First published in Japan in 2023 by SHUEISHA Inc., Tokyo.
French translation rights in France, French-speaking Belgium, Luxembourg,
Monaco, Switzerland and Canada arranged by SHUEISHA Inc.
through VME PLB SAS, France.

Édition française
Traduction depuis le japonais : Olivier Malosse
Correction : Thomas Lameth
Lettrage : Clair Obscur

© 2024, Éditions Glénat
Couvent Sainte-Cécile – 37, rue Servan – 38000 Grenoble
ISBN : 978-2-344-06433-7
Dépôt légal : octobre 2024

Achevé d'imprimer en Italie en septembre 2024 par L.E.G.O. S.p.A.
sur papier provenant de forêts gérées de manière durable.

www.glenat.com

ÉCLIPSE
HUMAINE
Scénario
MITSUCHIYOMARU
Dessin
YUKI SATO
1

ÉCLIPSE HUMAINE

Scénario
MITSUCHIYOMARU
Dessin
YUKI SATO

SOMMAIRE

Cette œuvre est une fiction. Toute ressemblance avec des personnes ou événements réels serait fortuite.

HAA...
TAP
HAA...
TAP
TAP
TAP
HAA...
TAP
COMMENT...
EN EST-ON ARRIVÉS LÀ ?
FRRT
ESPÈCE DE CRÉTIN !
FRRT
IL FALLAIT COURIR VERS LA SORTIE !
MAIS... MAIS JE...

キィーー
CRIII
ELLE ARRIVE, HAYATO !!
JE... JE SAIS BIEN !
HAA...
HAA...
ドッドッドッ
TAP TAP TAP
HAYA-TOOO...
キョロ ZYEUTE
キョロ ZYEUTE
POURQUOI TU ME FUIS ?
ポタ… PLIC
TU SAIS BIEN QUE JE T'AIME...
MOI, TA CHÈRE MAMAN...
ギリ GRIII
ギリ GRIII

Chapitre 1 : Métamorphose

OUI チュン
OUI チュン
BLAH ザワ
BLAH ザワ
POLICE
LAISSEZ PASSER LA CIVIÈRE !
ガラ CLANG
ÉCARTEZ-VOUS S'IL VOUS PLAÎT !
FRRT ユサ
FRRT ユサ
ガラ CLANG
CRIC ギッ
INSTITUT INDÉPENDANT DI EARTH
OUAH !
ÇA SERAIT PAS...
UNE DE CES ...
BLA ザワ
BLA ザワ
BLA ザワ
MUMMILY ?
C'EST OUF...
Je viens de voir...
...

Japon, an 202X
Je viens de voir une espèce de momie être emportée devant mes yeux. #mummily
L'autre jour j'ai vu une personnes momifiées aux infos... #mummily
C'est pas possible que se changent en momie J'y croirai quand j'en
Quand le couple de arrêté de s'engueul s'étaient changés e #mummily #coupleenrupture #ruptureconsommée
J'aimerais pas que ça arrive à côté de chez moi, je flippe... #mummily
classe, c'est un sort pour invoquer les momies. Ils arrêtent pas de glousser en récitant ça... Si ça existe pour de vrai, j'espère qu'ils finiront tous par se momifier eux-mêmes ! Si ça continue, je vais me mettre à les maudire moi-même... #mummily
Ma grand-mère ressemble déjà à une momie, donc bon... #mummily #famille
J'ai déjà cru voir une sorte de momie un jour, mais en fait...
Ces histoires de momies qui courent en ce moment c'est une invention du gouvernement. Faites attention, ils font ça parce qu'ils ont quelque chose à cacher à la population. Ils peuvent envoyer des gens chez vous à tout moment si vous découvrez quelque chose. #mummily #mensongemummily #démissiondupremiermini #onnecéderajamais #diteslavérité
Les momies dans l'Égyp afin de sau de préserv Au Japon #mummily
AITA VISION
DANS L'ARRONDISSEMENT DE XXX...
UN CORPS MOMIFIÉ A ENCORE ÉTÉ RETROUVÉ...
BONJOUR !
SALUT !
QUOI, ENCORE UN ?
ÇA FAIT PEUR...
ALLEZ !
OUAIS, VAS-Y !
VA EN AVANT ! EN AVANT !!
SEITA !!
LA PASSE !
POF

OUAIS !!
POF
BIEN REÇU !
SPAF
SHOOT !!
TZAAA
Seita Tachibana (11 ans). CM2
BIEN JOUÉ, SEITA !
OUAIS !!
YEAH !
MERCI !!
TAC

C'EST GRÂCE À LA SUPER PASSE...
DE HAYATO !
HEIN ?
BOBOM
ドキッ
Hayato Fujiwara (11 ans), CM2
OH, VRAIMENT ?
IL PAIE PAS DE MINE, MAIS IL EST DOUÉ, EN FAIT...
C'EST VRAI...
ET IL EST RAPIDE ...
OUAIS !
EUH, MAIS NON ...
J'Y SUIS POUR RIEN !
ROUGIT
IL A DU POTENTIEL, MAIS...
IL A PAS L'AIR EN GRANDE FORME.
HIN HIN...
HIN HIN...
C'EST CLAIR, HAYATO ...
FAUT QUE TU VIENNES AU CLUB AVEC NOUS, POUR T'ENTRAÎNER !!

EUH...
OUI, MAIS ...
MA FAMILLE NE...
PSST ヒソ ヒソ PSST
TU VOIS ?
ILS SONT MÉGA PAUVRES, DANS SA FAMILLE.
HÉ HÉ !
HÉ HÉ !
JE T'AVAIS PRÉVENU QU'IL DIRAIT NON, MÊME SI ON L'INVITAIT !
OUAIS ...
JE SAIS...
ドフッ
VLAN
A...
OUCH !
ビクッ
GLOUPS
DÉSOLÉ !!
JE M'ENTRAÎNAIS À JONGLER...
ET MON PIED A GLISSÉ !!
SEMELLE
SEITA, ENFOIRÉ !
AÏE
AÏE
T'ÉTAIS PAS DU TOUT EN TRAIN DE JONGLER !!
ÇA SE VOIT !

TU SAIS, HAYATO...
T'ES VRAIMENT BON !
VA PLUS EN AVANT, NE TE RETIENS PAS !
NON, NON, ÇA ME VA COMME ÇA...
TANT QUE JE PEUX JOUER AVEC TOUT LE MONDE...
ÇA ME SUFFIT, À MOI.
HÉ HÉ...
AVEC CET ÉTAT D'ESPRIT...
TU MOURRAS AVANT D'ACCOMPLIR CE DONT T'AS ENVIE !
TU AURAS DES REGRETS !

IL RESTE COMBIEN DE MINUTES DE PAUSE ?
ON NE SAIT JAMAIS QUAND LES GENS VONT MOURIR...
JE NE L'AI JAMAIS DIT ÀPERSONNE ...
MAIS EN FAIT ...
JE PEUX VOIR LES FANTÔMES !!

OUAIIIS !
VROOH
DE TEMPS EN TEMPS...
DANS L'ÉCOLE...
ENTRENT DES ENFANTS FANTÔMES PERDUS.

ILS SONT ATTIRÉS PAR LES CRIS ET LES RIRES...
ALLEZ, REMONTE, REMONTE !
TIENS !
TU JOUES AVEC MOI ?
VIENS !
LÀ PASSE ! ICI !
FSHH
QUAND JE LES REGARDE ...
JE ME DEMANDE PARFOIS...
SI JE SERAIS ÉBLOUI COMME EUX...
PAR CES SCÈNES DU QUOTIDIEN...
SI J'ÉTAIS MORT, MOI AUSSI.

HMMF
HMMF
HÊ ! VOUS AVEZ VU ÇA ?!
AUX INFOS, CE MATIN !!
Kaori Ito (11 ans), camarade de classe
UNE MUMMILY !
C'EST DÉJÀ LA CINQUIÈME CE MOIS-CI !
KAORI...
TU KIFFES TOUS CES TRUCS, PAS VRAI ?
LES MOMIES, LES ZOMBIES, LES MONSTRES...
わく わく
HMMF
HMMF
BEN, C'EST ÉTRANGE, QUAND MÊME !
UN BEAU JOUR, UN MEMBRE D'UNE FAMILLE...
SE RETROUVE CHANGÉ EN MOMIE !
ET TOUS CEUX QUI VIVENT AVEC NE REMARQUENT RIEN...
ÇA PARAÎT IMPOSSIBLE, NON ?
HMPF...
CES DERNIERS TEMPS, TOUT LE MONDE NE PARLE QUE...
DE CETTE AFFAIRE DE MOMIES ...

DES GENS TOUT À FAIT ORDINAIRES...
SONT RETROUVÉS SOUDAIN MOMIFIÉS.
QU'EST-IL ARRIVÉ À CETTE FAMILLE SANS HISTOIRES ?
LES RÉSEAUX SOCIAUX ONT SURNOMMÉ CES CADAVRES...
"MUMMILY".
D'APRÈS KAORI, CES AFFAIRES SERAIENT CAUSÉES...
ILS ONT CLAIREMENT ÉTÉ ENLEVÉS...
PAR UN OVNI AU MILIEU DE LA NUIT !
PAR DES EXTRA-TERRESTRES !
Mlle KAORI, PASSIONNÉE D'OCCULTISME !
TU SAIS, J'EN AI DÉJÀ VU UN QUAND J'ÉTAIS PETITE !
OOH ? OUI, OUI...
MAIS MOI...
DIS, TU M'ÉCOUTES ?
CE QUI ME PRÉOCCUPE EN CE MOMENT...

DÉPRIME...
KOF
HÊ ? TU ES MALADE ?
OH... ÇA IRA, T'EN FAIS PAS...
← IL A FUI...
AU FAIT, HAYATO...
ET TA MAMAN, COMMENT ELLE VA ?
JE SUIS PAS VENU CHEZ TOI DEPUIS UN BAIL !
FAUDRAIT QU'ON REMETTE ÇA.
EUH... OUI...
ELLE VA BIEN.
EN-TENDU...
KOF
TU PEUX PASSER À LA MAISON QUAND TU VEUX.

C'EST QUE...
MON POTE HAYATO ...
N'A PAS L'AIR DANS SON ASSIETTE, CES JOURS-CI.
QUAND J'AI EMMÉNAGÉ, IL Y A SIX MOIS...
BLA
HÉ, T'ES BON AU FOOT ?
BLA
C'EST VRAI QUE TU VIENS DE XXXX ?
C'EST QUOI LA SPÉCIALITÉ LÀ-BAS ?
IL A ÉTÉ MON PREMIER AMI.
HAYATO ?
IL EST DÉPRIMANT...
ÉVITE-LE, ÇA VAUT MIEUX !
EN PLUS, IL EST TOUJOURS CRADO !

TIENS ...
ON RENTRE PAR LA MÊME ROUTE, LUI ET MOI.
ZYEUTE
チラ…
IL M'INTRIGUE ...
TAP
ピタ…
HÉ...
ZWIP
くるっ
VIENS, ON MARCHE ENSEMBLE. SI ÇA TE DIT !!
HEIN ?
EN FAIT, IL AVAIT...
ET EN ÉVITANT UNE GRENOUILLE À VÉLO, PAF, JE ME SUIS PLANTÉ DANS LA RIZIÈRE !
OH ? J'AI FAIT PAREIL, DANS UN FOSSÉ PLEIN DE BOUE.
LE CONTACT PLUS FACILE QUE JE LE PENSAIS.

HAYATO !!
TU ME MONTRES TES DEVOIRS ?
BLANC...
SI... SI TU VEUX...
HAYATO !!
VIENS JOUER AU FOOT !
ILS NOUS ONT INVITÉS !!
QUOI ?
MAIS ...
JE CONNAIS PAS LES RÈGLES, MOI...
JE T'APPRENDRAI !
ET PEU À PEU...
BRAVO ! T'ES BEAUCOUP PLUS FORT QUE MOI !
TU ME REPASSERAS LA MAIN QUAND TU AURAS CASSÉ TOUS LES CRISTAUX !
CLIC カチ
CLIC カチ
CLIC カチ
CLIC カチ
ON A FINI PAR DEVENIR INSÉPARABLES.
ARRÊTEZ VOTRE BOUCAN !!
FILEZ JOUER DEHORS !
JE PEUX PAS DORMIR !!
ELLE FOUT LES JETONS, TA MÈRE ...
QUAND ELLE EST EN COLÈRE.
J'AI SURSAUTÉ
PSST
DÉSOLÉ, SEITA...
C'EST LA GUEULE DE BOIS...
ELLE EST TOUJOURS FATIGUÉE !
ELLE DIT QUE L'ALCOOL EST SON SEUL PLAISIR.

MAIS QUAND ELLE A PAS BU...
HA HA...
ELLE EST GENTILLE, HEIN ?
J'AI FINI PAR LE CONSIDÉRER ...
COMME MON MEILLEUR AMI...
MAIS EST-CE QU'IL LE PENSE AUSSI ?
TU SAIS ...
HAYATO ...
SI JAMAIS TU AS DES PROBLÈMES ...
TU PEUX M'EN PARLER, HEIN ?
T'ES... T'ES MON COPAIN !

MER ...
MERCI ...
SEITA ...
MAIS ...
TOUT VA BIEN, J'TE DIS.
JE SUIS RENTRÉ !!
OOH... HAYATOOO ?
TE VOILAAA ...

ELLE BOIT ENCORE ...
TU SAIS QUOI ? AUJOURD'HUI ...
FRRT
どさっ
CET ENFOIRÉ DE RESPONSABLE ...
M'A ENCORE HARCELÉE SEXUELLEMENT ...
ÇA M'ÉNERVE, JE TE JURE !
BLAM
JE VAIS VRAIMENT FINIR PAR LE BUTER !!
UUUGH
DÉSOLÉ, MAMAN.
JE VAIS PRÉPARER LE REPAS ...
FAIS-MOI UN PEU DE PLACE SUR LA TABLE.
SNAP
HEIIIN ?
TU VAS ME FAIRE À MANGER ?
FROTT
HI
HI!
FROTT
OOOH, HAYATOOO ...
MON PETIT AAANGE !!
BOBOM
EUH ...
TU SENS L'ALCOOL !!
ZWIP
SNAP

MIAM, QUEL DÉLICE ! ♡
もぐ GNOM
もぐ GNOM
J'AI BIEN FAIT DE TE METTRE AU MONDE ! ♡
COMMENT ÇA SE PASSE À L'ÉCOLE, EN CE MOMENT ?
PSHIT プシッ
TROISIÈME CANETTE...
ÇA VA MAL TOURNER...
EUH... BEN...
ÇA VA, JE M'AMUSE BIEN...
OH ?
ET TU T'AMUSES COMMENT ?
AVEC UN GARÇON DE MA CLASSE, SEITA...
IL EST GÉNIAL ...
ON VA SOUVENT JOUER AU FOOT.
TOUJOURS SOURIANT ET GENTIL AVEC LES AUTRES...
IL EST SUPER POPULAIRE !

C'EST LE GARÇON...
QUI EST VENU UNE FOIS À LA MAISON ?
AVEC UNE BOUILLE TOUTE RONDE...
C'EST ÇA !
EN PLUS, IL EST TROP FORT AU FOOT...
ET IL ME RÉPÈTE TOUJOURS ...
"TU AS DU TALENT, TU SAIS...
IL SUFFIRAIT QUE TU T'ENTRAÎNES UN PEU !"
ROUGIT
TOUS LES AUTRES QUI SAVENT JOUER...
ILS SONT INSCRITS AU CLUB...
ピク...
SNAP
MAIS C'EST MOI LE PLUS RAPIDE...
JE SAIS DRIBBLER PLUS VITE QU'EUX !

ALORS JE LEUR AI DIT QUE...
J'AVAIS PAS BESOIN DE PRENDRE DE COURS !
HA...
SCRIC
TU ESSAIES DE ME DIRE...
QUE TU VEUX Y ALLER AUSSI, C'EST ÇA ?
MAIS ...
MAIS NON !!
MON ŒIL... TU ME L'AVOUES DE FAÇON DÉTOUR-NÉE...
TU AS ENVIE DE T'INSCRIRE AU CLUB DE FOOT !
CLANG
ALORS QUE MOI, JE ME TUE AU BOULOT !!
AÏE !
JE DOIS ENDURER TOUTES CES CONNERIES ...
FWIT
ET C'EST COMME ÇA QUE TU ME REMERCIES ?!
PARDON ...
TCHAC
TU CROIS QU'ON A LES MOYENS...
DE TE PAYER DES COURS POUR T'AMUSER ?!
JE VOULAIS PAS DIRE ÇA !
SLAM

PLIC
EXCUSE-MOI...
JE SAIS QUE TU TE DÉMÈNES POUR MOI...
PLIC
J'AI PARLÉ SANS RÉFLÉCHIR, PARDON.
MA-MAN !!
PLIC
HUP...
HUP...
CNII
QUAND MA MÈRE...
MOI AUSSI, JE SUIS DÉSOLÉE ...
JE ME SUIS EMPORTÉE ...
SCOUIC
SE MET EN COLÈRE, C'EST COMME SI ÇA ENCLENCHAIT UN TRUC...
JE SUIS UNE MÈRE PITOYABLE, PARDON...
C'EST RIEN ...
C'EST DE MA FAUTE.
ET ÇA NE S'ARRÊTE QUE QUAND JE PRÉSENTE MES EXCUSES EN PLEURANT.

MAIS JE M'EN FICHE...
HAYATO, N'OUBLIE JAMAIS...
QUE JE SUIS TA MÈRE...
ET QUE MÊME SI JE M'ÉNERVE...
JE T'AIMERAI TOUJOURS !
PARCE QUE MOI AUSSI...
JE L'AIME FORT, MA MAMAN.
QUOI ?!
TES CHAUSSURES SONT DÉJÀ DANS CET ÉTAT ?
TU TE FOUS DE MOI ?
FINI DE JOUER AU FOOT !

TU VAS RESTER DEHORS ET RÉFLÉCHIR À TES ACTES !!
SHLAC
C'EST PAS GRAVE...
VU QUE...
MOI, JE L'AIME...
MA MAMAN.

HUF...
HUF...
HUF...
38.2 °C
AÏE...
JE NE PEUX PAS MANQUER LE BOULOT...
RESTE ICI ET REPOSE-TOI, D'ACCORD ?
JE TE RAPPORTE DES MÉDICAMENTS EN RENTRANT.
OUI ...
OK, MERCI...
TU VEUX QUELQUE CHOSE À MANGER ?
...
GROGGY
UN FLAN.
ENTENDU, C'EST NOTÉ...
J'EN ACHÈTERAI SUR LE CHEMIN.

BONNE JOURNÉE.

LEVEZ-VOUS !
CLANG
CLANG
CM2-1
SALUTA-TIONS ...
ASSEYEZ-VOUS !
HAYATO...
EST ABSENT AUJOURD'HUI.
SEITA !
TU SAIS QUOI ?!
J'AI DÉNICHÉ DES INFOS INÉDITES !

キーン
コーン
DING
DONG
OOH...
VRAIMENT ?
C'EST À PROPOS ...
ÉCOUTE-MOI, ÉCOUTE-MOI, ÉCOUTE CE QUE J'AI À DIRE, ÉCOUTE-MOI !!
DE TOUS CES CAS DE MOMIFICATION !
カーン
コーン
DANG
DONG
ENCORE CE TRUC ?
EN FAIT, CES MUMMILY ...
QUELQUES JOURS APRÈS LA MORT...
HAA... HAA...
ELLES SONT ENCORE VIVANTES !
TON REGARD FAIT FLIPPER, KAORI...
JE PIGE RIEN ! T'ES SÛRE QU'ON PARLE LA MÊME LANGUE ?
D'APRÈS LEURS FAMILLES, ELLES SE LÈVENT, ELLES MANGENT...
ELLES FONT TOUT NORMALEMENT !
OOH ... TRÈS BIEN ...
MAIS ENFIN, TU M'ÉCOUTES ?
SEI-TAAA !!!
TZAM
ON VA SUR LE TERRAIN !!
TU VIENS FAIRE UN FOOT ?
OUAIS, MOTIVÉ !

À PLUS, SEITA !!
À DEMAIN !!
QUELQUES JOURS APRÈS LA MORT...
BLING
BLING
ELLES SONT ENCORE VIVANTES !
C'EST QUOI, CETTE HISTOIRE ?!
C'EST TROP BIZARRE ...
QUI PEUT CROIRE ÇA ?!
PFF...
LA POSTE
POURTANT ...
ARRÊTEZ VOTRE BOUCAN !!
FILEZ JOUER DEHORS !
JE PEUX PAS DORMIR !!
MAIS QUAND ELLE A PAS BU...
HA HA...
ELLE EST GENTILLE, HEIN ?
PARFOIS, IL Y A DES SITUATIONS QUI NOUS PARAISSENT NORMALES, MAIS QUI SEMBLENT AUSSI "BIZARRES"...
C'EST LA GUEULE DE BOIS...
ELLE EST TOUJOURS FATIGUÉE !
VUES DE L'EXTÉRIEUR.
AH !
POURQUOI ÇA M'A FAIT ...
PENSER À HAYATO ?

DIS, MAMAN ! JE PEUX AVOIR DU STEAK HACHÉ ?
QUOI ? TU EN AS DÉJÀ MANGÉ HIER...
J'AIMERAIS BIEN...
LUI VENIR EN AIDE.
MAIS S'IL NE VEUT PAS...
ME PARLER ...
HÉ...
QU'EST-CE QUI ME PREND...
À RUMINER TOUT SEUL DANS MON COIN ?

ユラァ…
FSHUUU
TOC
コツ…
J'ESPÈRE QUE HAYATO SERA EN CLASSE DEMAIN...
TOC
コツ…
TOC
コツ…
AQUARI SWEAT
FLAN CRÉMEUX
TOC
コツ…
TOC
コツ…

UNE SEMAINE S'ÉTAIT ÉCOULÉE ET HAYATO...
N'EST PAS REVENU.
CONTRÔLE DES ALARMES INCENDIES
SALLE DES PROFESSEURS
FWIT
CLAC

MEGUMI, VOUS AVEZ BIEN TÉLÉPHONÉ...
À LA MÈRE DU PETIT HAYATO, N'EST-CE PAS ?
OUI, MAIS ...
ELLE M'A JUSTE DIT QU'IL NE SE SENTAIT PAS BIEN.
J'AI ESSAYÉ PLUSIEURS FOIS D'ALLER CHEZ LUI ...
MAIS ELLE NE ME LAISSE PAS LE VOIR.
SA MÈRE AVAIT UNE ATTITUDE, COMMENT DIRE ?
ELLE SEMBLAIT CALME, MAIS NE VOULAIT PAS ÊTRE DÉRANGÉE.
J'AI TROUVÉ ÇA ÉTRANGE, MAIS...
ELLE M'A RENVOYÉE AVANT QUE JE PUISSE RÉAGIR.
C'EST DONC PAS UN SIMPLE RHUME...
POURQUOI ÇA ME REND SI NERVEUX ?
ざわ…
BRRR

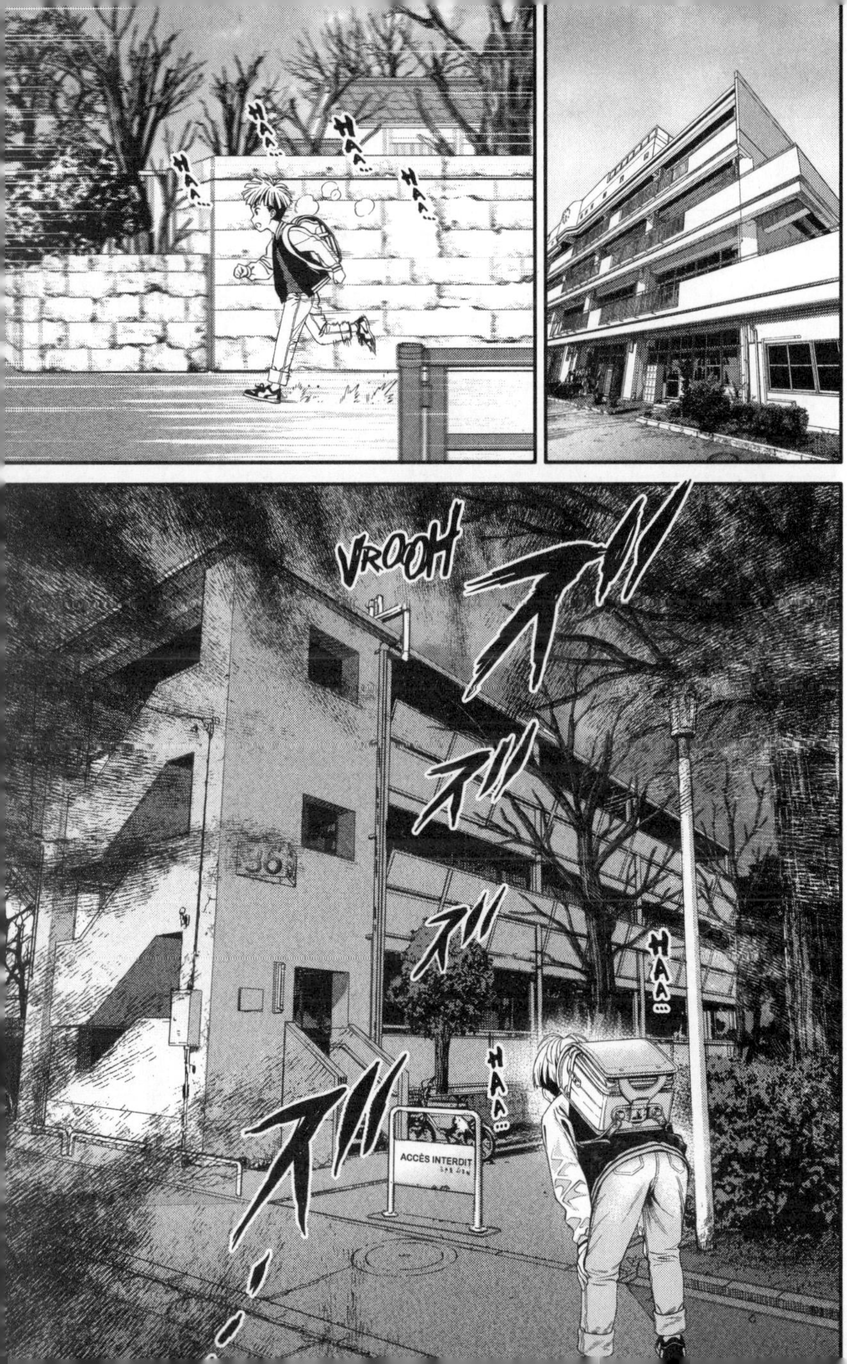
HAA...
HAA...
HAA...
HAA...
VROOOH
HAA...
HAA...
ACCÈS INTERDIT

たっ たっ
TAP TAP
たっ
TAP
ピンポーン
DING DONG
ピンポーン
DING DONG
HAA... HAA...
ピンポ
DING
DONG
ピンポーン
DING
DONG
PAS DE RÉPONSE...
HAYATO !
T'ES LÀ ?!
BAM
BAM
BAM
HAYA...
CLIC
ギイ...
CRII

SEITA ?!
HAYATO ...
TU VAS BIEN ?
DIS...
QU'EST-CE QUE T'AS ? T'ES MALADE ?
AH ... SEITA ...
TU T'INQUIÉTAIS POUR MOI ?
MER ...
TZING
TOC
TOC
TOC

QU'EST-CE QU'IL Y A...
HAYATO ?
BRR
BRR
OH NON ...
ELLE RE-VIENT PAR ICI...
FAUT PAS QU'ELLE TE TROUVE LÀ...
SEITA !
DZII
PARS LOIN D'ICI !
SCOUIC
FRRT
VLAM
HEIN ?
CLAC
HAYATO ?!
TOC
TOC
HÊ !
QUI ÇA, "ELLE" ?!

ELLE M'A FAIT PEUR !
C'EST LA MÈRE DE HAYATO...
HEIN ?
ELLE A QUELQUE CHOSE DE DIFFÉRENT ...
MAIS QUOI ?
UN TRUC VRAIMENT PAS NET ...
TU CHERCHES QUELQU'UN ?

GASP
TZAM
EXCUSEZ-MOIIII !
WAAAH !

HAA...
OH NON...
HAA...
QU'EST-CE QUE...
C'ÉTAIT QUE ÇA ?!
ÇA CRAINT ÇA CRAINT ÇA CRAINT !
HAA...
HAA...
HAA...
ELLE M'A TOUCHÉ L'ÉPAULE ...
AU MOINS, C'ÉTAIT PAS UN FANTÔME !
MAIS POURTANT...
HAA...
HAA...
HAA...
ÇA N'AVAIT PAS L'AIR VIVANT NON PLUS !
HAA...
HAA...
EN TOUT CAS...
HAA...
ELLE ÉTAIT CLAIREMENT PAS HUMAINE !!

QU'EST-CE QUE CE TRUC FAISAIT CHEZ HAYATO ?!
TREMBLE
IL EST EN SÉCURITÉ ?
IL FAUT QUE...
HUF...
HUF...
JE RETOURNE LÀ-BAS POUR L'AIDER.
ZWIP
TCHAC
BRR
BRR
BRR
BRR
IMPOSSIBLE ! JE SUIS COMPLÈTEMENT TÉTANISÉ...
MES JAMBES ...
NE VEULENT PAS BOUGER !
JE VEUX PLUS JAMAIS RETOURNER LÀ-BAS !!
BRR
BRR
BRR

DE TOUTE FAÇON, MOI...
IL NE M'A PAS DEMANDÉ...
HAA...
HAA...
DE VENIR À SON AIDE, OU QUOI QUE CE SOIT.
IL A TOUJOURS ÉTÉ COMME ÇA...
HAYATO.
IL PRÉFÈRE GÉRER SES TRUCS TOUT SEUL...
OUI, JE FERAIS MIEUX...
HAA...
DE LE LAISSER TRANQUILLE.
HAA...
TIENS ?
SCRITCH
OH...
QU'EST-CE QUE J'AI...
DANS LA MAIN ?

TZAM !!
AIDE-MOI

TANT QUE JE PEUX JOUER AVEC TOUT LE MONDE...
ÇA ME SUFFIT, À MOI...
AIDE-MOI
PLIC
SEITA !
PARS LOIN D'ICI !
T'ABUSES, FRANCHEMENT...
CETTE FOIS-LÀ, TU DEMANDES ?
J'Y CROIS PAS...
JE SUIS OBLIGÉ D'Y RETOURNER, DU COUP.

ATTENDS-MOI, J'ARRIVE...
HAYATO !!

HAA...
HAA...
PFIUH
SPAF
SPAF
ピンポーン
DING
DONG
ガチャ
CLAC
TIENS ?
SEITA ?
HAYATO ?
EUH ...
MAIS ...
QU'EST-CE QUI T'AMÈNE ?
BAH, PEU IMPORTE ...
VIENS, ENTRE !

MAIS NON ! TU DOIS SORTIR D'ICI TOUT DE SUITE !
ON DOIT S'EN-FUIR !!
QUOI ?
S'ENFUIR ?
POURQUOI ?
GRAB
ALLEZ !
NE RESTE PAS PLANTÉ DEVANT LA PORTE ...
SCRR
MAIS ...
AIE !
SCRR
DÉPÊCHE-TOI D'ENTRER !
SCRR

VITE, VITE !!
TCHAC
IL A UNE FORCE INCROYABLE !
DANS QUOI JE ME SUIS...
GRIP
SWIP
ENCORE FOURRÉ ?
VLAM
CLAC

BRR
BRR
TCHAC
HAYATO ?!
QUE FAIS-TU ? ARRÊTE !
TU N'ES QUAND MÊME PAS ...
SOUS SON CONTRÔLE ?!

C'EST DE TA FAUTE, SEITA ...
GNII
GNII
TU VOULAIS QU'ON S'ENFUIE D'ICI ?
SCRIC
"ET TOUS CEUX QUI VIVENT AVEC NE REMARQUENT RIEN...
ÇA PARAÎT IMPOS-SIBLE, NON ?"

HAA...
MÉCHANT SEITA...
TU SAIS POURTANT COMBIEN...
HAA...
J'AIME MA MAMAN !

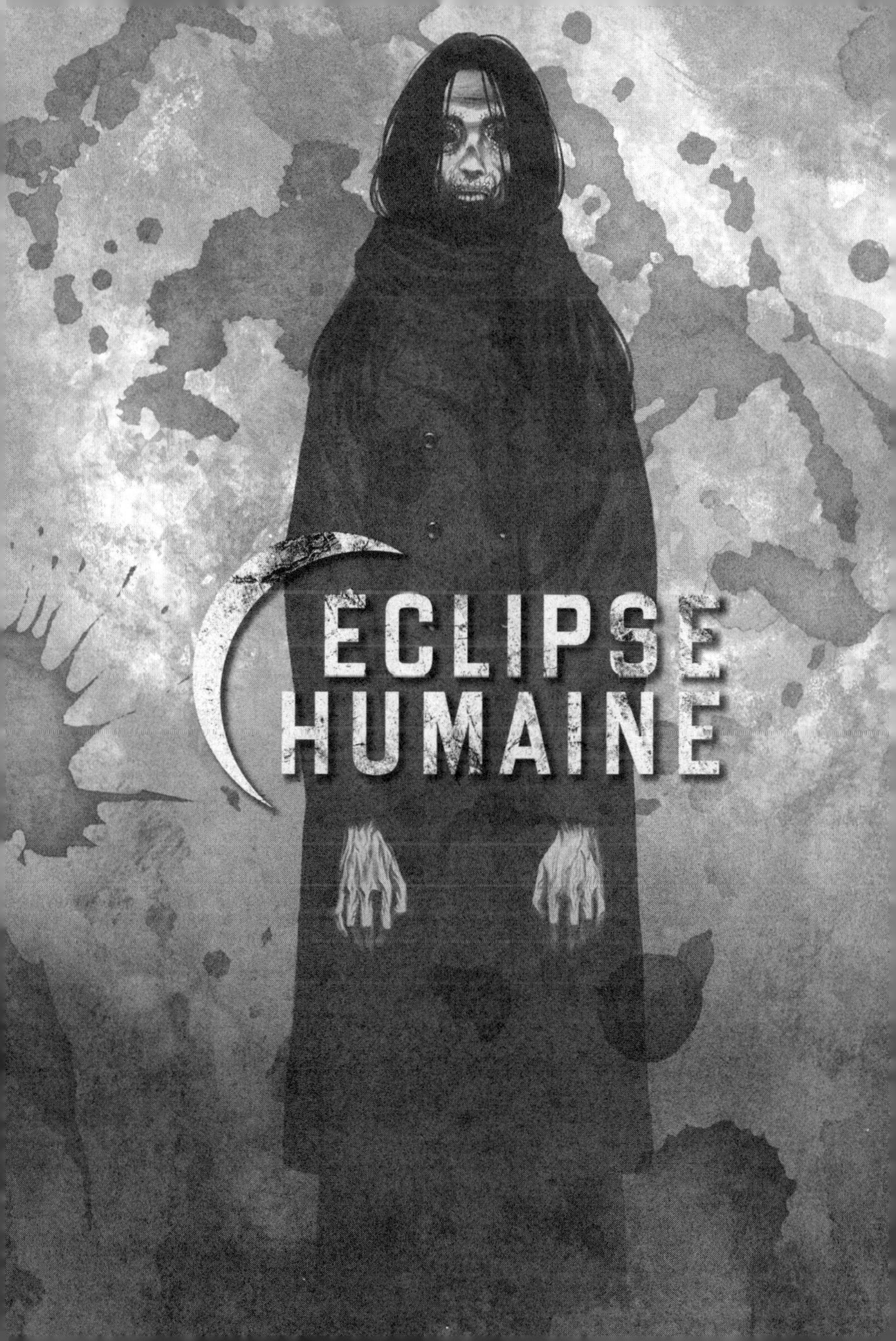
ECLIPSE
HUMAINE

Chapitre 2 : Révélation

CRIII
キイ
HUF
HUF
MA...
MA...
MAN!

ERK?!!

JE SUIS RENTRÉE, HAYATO...
J'AI RAPPORTÉ DU FLAN ET TES MÉDICA-MENTS.
DZIIING
BRR
OH...
MERCI BEAUCOUP, MAMAN !
BRR
BRR
CE N'EST RIEN...
JE VAIS BIEN M'OCCUPER DE TOI.
SCOUIC

C'EST NORMAL VU QUE...
JE SUIS TA MAMAN QUI T'AIME...

OUI, MOI AUSSI ...
MAMAN !
JE T'AIME TELLEMENT ...

ESPÈCE DE CRÉTIN !!
HUF...
HH...
OUVRE LES YEUX !!

CETTE CHOSE N'EST PAS TA MÈRE !!
C'EST LE MONSTRE QUI L'A TUÉE !
HMPF...
COMMENT PEUX-TU ...
RÉSISTER À MON CONTRÔLE MENTAL ?
CRIK
ゴキキ...
CRIK

JE VOIS, C'EST DANS TES GÈNES ...
OUI, TELLEMENT BEAUX...
GNII
C'EST POUR ÇA QUE TU AS DE SI BEAUX YEUX ?
TU ME LES DONNES ?
PLIC
FLAP
NO...
NON !
ARRÊTEZ !!
FLAP

STOP !
NON ...
ARRÊ ...
GYAAAAH !
HUF ...
HUF ...

TIENS, HAYATO ...
FAIS "AAH" ...
PLOP
ゴクンッ
GLOUPS
RHAA ...
ET VOILÀ ...

J'AURAIS PAS DÛ M'EN MÊLER.
QUAND J'Y REPENSE...
DEPUIS QUE JE SUIS NÉ...
LA VIE NE M'A JAMAIS FAIT DE CADEAU.
MES PARENTS ONT PÉRI DANS UN ACCIDENT...
QUAND J'ÉTAIS TOUT PETIT.

DANS NOTRE RÉGION D'ORIGINE...
MA FAMILLE EST UN CLAN DE MÉDIUMS RENOMMÉS.
ET AU SEIN DE CETTE LIGNÉE...
MA SŒUR JUMELLE EST RECONNUE COMME L'UNE DES PLUS PUISSANTES.
TOUS NOS PARENTS PROCHES...
SE SONT DONC PRÉCI-PITÉS POUR L'ACCUEILLIR PARMI EUX.
MAIS SEULEMENT...
MA SŒUR.
"SEITA, NOUS AVONS UN COUPLE DE COUSINS ÉLOIGNÉS QUI N'ONT PAS D'ENFANT...
TU IRAS VIVRE AVEC EUX."

MOI, L'INDÉSIRABLE, J'AI ÉTÉ BALADÉ ICI ET LÀ...
ET EN ARRIVANT DANS CETTE NOUVELLE ÉCOLE...
J'AI REMARQUÉ CE GARS À L'AIR SOLITAIRE.
J'AI TOUT DE SUITE COMPRIS...
QU'IL AVAIT LUI AUSSI...
TOUJOURS TIRÉ LE MAUVAIS NUMÉRO, DANS LA VIE...
ET J'EN AI CONCLU RAPIDEMENT...
QUE COMME ON SE RESSEMBLAIT, ON ALLAIT BIEN S'ENTENDRE.

QUE L'ON DEVIENDRAIT ...
MEILLEURS AMIS !
VOILÀ LE RÉSULTAT.

SNIP
ピク…
D'ACCORD, HAYATO.
CET ŒIL...
HMPF...
ぞわ…
?
TU PEUX L'AVOIR.
HMPF...
ぞわ…
PAR CONTRE, TU SAIS ...
J'AI PAS L'INTENTION ...
DE TE LAISSER DANS CETTE SITUATION TORDUE...

SNAP
びくっ
BOBOM
ドクン…!!
NI DE MOURIR EN T'ABAN-DONNANT À TON SORT !!
DE LA VIANDE ...
SCRITCH
ギッ
SCRITCH
ギシッ

ぶじゅ…
SCRATCH…
CRII
ギッ…
VIANDE …
BIEN FRAÎCHE …
SCRITCH
ギィー…コ…
ギィー…コ…
LA…
BONNE …
ぐちゃ
FLATCH
ぐち…
FLOTCH
VIANDE …
SCRIIITCH
HEIN ?
TAP
ぺた…
QUOI ?
J'AI ENTENDU …
ZWIP
キョロ…
LA VOIX DE SEITA ?
J'AI … RÊVÉ ?
ZWIP
キョロ…

LA VIAN...
SNAP
MAMAN ?
TREMBLE
QU'ES-TU...
EN TRAIN DE FAIRE ?

MAIS ENFIN, HAYATO...
C'EST ÉVIDENT ...
JE DÉCOUPE LES MORCEAUX DE VIANDE..
POUR LE REPAS DE CE SOIR !
TZAA
ERK ?!
SEI !...
NE ME DÉRANGE PAS, HAYATO...
MAMAN ...
UGH...
JE VAIS TE PRÉPARER UN DÉLICIEUX CURRY...

FWIT
FWIT
NON... PAS QUES-TION ...
J'EN VEUX PAS...
C'EST LE CORPS DE...
SPAF
COMMENT ÇA, TU N'EN VEUX PAS ?!
AH !
SPAF
SPAF
QUI EST-CE...
QUI S'EST CHARGÉ...
DE T'ÉLEVER PENDANT TOUTES CES ANNÉES...
HEIIIN ?!
SPAF
SPAF
PARDON, MAMAN !
JE SUIS DÉSOLÉ !
J'AI PARLÉ DE FAÇON ÉGOÏSTE !
JE FERAI PLUS LE DIFFICILE !!

VOILÀ QUI EST MIEUX, HAYATO.
TOC
TU LE SAIS BIEN, NON ?
TCHAC
TANT QUE TU RESTERAS UN BON GARÇON ...
DZIING
MOI JE SERAI TOUJOURS ...
UNE MÈRE DOUCE ET GENTILLE AVEC TOI...
HÉ ...
HÉ HÉ ...
JE SAIS, MAMAN.

TZING
パチ
TZING
パチ
NON, HAYATO !!
ET ZUT, ELLE LE CONTRÔLE PAR LE REGARD !
JE DOIS ARRIVER À ATTIRER...
SON ATTENTION PAR ICI !

JE T'EN PRIE...
REGARDE DANS MA DIRECTION ...
ROLL
HAYATO !!

ROLL コロ
ROLL コロ
ROLL コロ…
POC
トン…
BZZT

SCRAAAC
HAYATO...
TU AVAIS PEUR.
JUSQU'À MAINTENANT...
TU AVAIS ENVIE DE FUIR...
CETTE RÉALITÉ QUE TU NE VOULAIS PAS VOIR.

MAIS JE VAIS...
L'AFFRONTER AVEC TOI !
ALORS ...

ACCEPTE LA RÉALITÉ ...
QUI SE TROUVE DEVANT TES YEUX !

DOM
OUAAAAAH!
VLAAAM

A...
AAAÏE !!
SCRIC
QU'EST-CE QUI TE PREND, HAYATO ?
TU ES MÉCHANT... AVEC TA MAMAN...
AH...
HAA...
AAH !
HAA...
UN MONSTRE !
HAA...
BIEN... ÇA A FONCTIONNÉ, HAYATO !
SNIP
?!
PROFITONS-EN POUR FILER !
GLOUPS

TZAA
C'EST LA VOIX DE...
SEITA ?!
DZIM
EH OUI !
J'AI PROJETÉ MON ESPRIT EN TOI...
EN UTILISANT CET ŒIL COMME VAISSEAU.
UUUH...
URGHGH...
HAYAAAATOOO...
ON EN DISCUTERA PLUS TARD !
ZWIP
ON DOIT S'ENFUIR...
AVANT QU'ELLE NE NOUS ATTRAPE !
COM... COMPRIS !!

BOBOM
MAIS... ATTENDS...
QU'EST-CE QUE JE FAIS DE TON CORPS ?
HEIN ?!
ON RÉFLÉCHIRA À ÇA PLUS TARD !
TU DOIS D'ABORD T'ÉCHAPPER D'ICI !
SLIP
HÉ !
HAYATO ?!
SLAM
HAA...
HAA...
GRR
GRR
ESPÈCE DE CRÉTIN !
IL FALLAIT COURIR VERS LA SORTIE !
M... MAIS...

HAA
SI JE PARS TOUT SEUL MAINTENANT ...
HAA
SEITA EST FICHU...
ELLE ARRIVE, HAYATO !
KWIII
JE...
JE SAIS BIEN !
Fmp
HAYATOOO ?
Fmp
POURQUOI TU ME FUIS ?
TU SAIS BIEN QUE JE T'AIME ...
MOI, TA CHÈRE MAMAN ...
FLOP
COMMENT ...
EN EST-ON ARRIVÉS LÀ ?
HUF...
HUF...

MAIS ENFIN, HAYATO ...
QU'EST-CE QUE TU ATTENDS ?!
PARDON, SEITA...
SNIF
MAIS SI JE DOIS...
M'ENFUIR D'ICI...
CE SERA AVEC TOI !
JE NE PEUX PAS...
ÊTRE LE SEUL À EN RÉCHAPPER !!
FROTT
JE LE REGRETTERAIS TOUTE MA VIE !
ET EN PLUS...

CETTE CHOSE M'A VOLÉ LES DEUX PERSONNES ...
QUI COMPTENT LE PLUS POUR MOI !!
TA MAMAN QUI T'AIME ...
QUI T'AIME TELLEMENT ...
SCRII
ギリ
SCRII
ギリ

ACCEPTER ÇA...
JE PEUX PAS...
GRRR...
NON, JE NE ...
LE LUI PARDONNERAI JAMAIS !!
HAYATO ...

HAYATOOO...
TZAM
CRAC
CRAC
FWIT
FWIT
WOOSH
POURQUOI...
TU N'ÉCOUTES PAS TA MÈRE ?
WOOSH
TU ES UN VILAIN GARÇOOON !
TIENS ?
ELLE S'EST MISE...
À BOUGER AU RALENTI ?

C'EST COMME SI CETTE CHOSE...
N'ÉTAIT PLUS LA MÊME QUE TOUT À L'HEURE...

TCHAC
ELLE NE ME FAIT PLUS PEUR !!
SPAF
C'EST ÇA, HAYATO !
C'EST PEUT-ÊTRE PARCE QUE JE SUIS HORS DE MON CORPS...
DZIIING
HI-I-IK !!
MAIS MOI AUSSI, J'AI L'IMPRES-SION...
DE LA VOIR PLUS NETTEMENT !
FLAP

MAINTENANT, TOUT EST PLUS CLAIR !
CETTE CHOSE À L'INTÉRIEUR...
N'EST PAS SI PUISSANTE...
ET LE CORPS QU'ELLE CONTRÔLE ...
SE MONTRE PLUS FAIBLE QUE JE LE PENSAIS.
C'EST POUR ÇA QU'ELLE DOIT MANIPULER...
LES MEMBRES DE SA FAMILLE POUR SE PROTÉGER !

SCRAC
ボキーッ
ドシャーッ
SPLAF
UGH ?!
C'EST TERMINÉ, HAYATO.
ELLE A TROP ABUSÉ DE CE CORPS...
ELLE VA BIENTÔT MOURIR.
HA...
?!
HAYATO ?
SNIP
FRRT
SNIP
MAMAN ...

SCOUIC
ぎゅうっ・・・
GRAC
ミシシッ…
URGH...
GRAC
GARGL...
CRIC
パキ
CRIC
パキ
HAYATO... QUE FAIS-TU ?
SCRU
SCRU
FWIT
ギリ…
MAIS ... TU AS...
PERDU LA TÊTE ?!
SNIP
ピク
JE VAIS BIEN.
MAIS CE CORPS...
EST ENCORE CELUI DE MA MÈRE.
SNIP
ピク

MAMAN ...
MERCI DE M'AVOIR ÉLEVÉ...
PLIC...
JE T'AIMERAI... TOUJOURS.

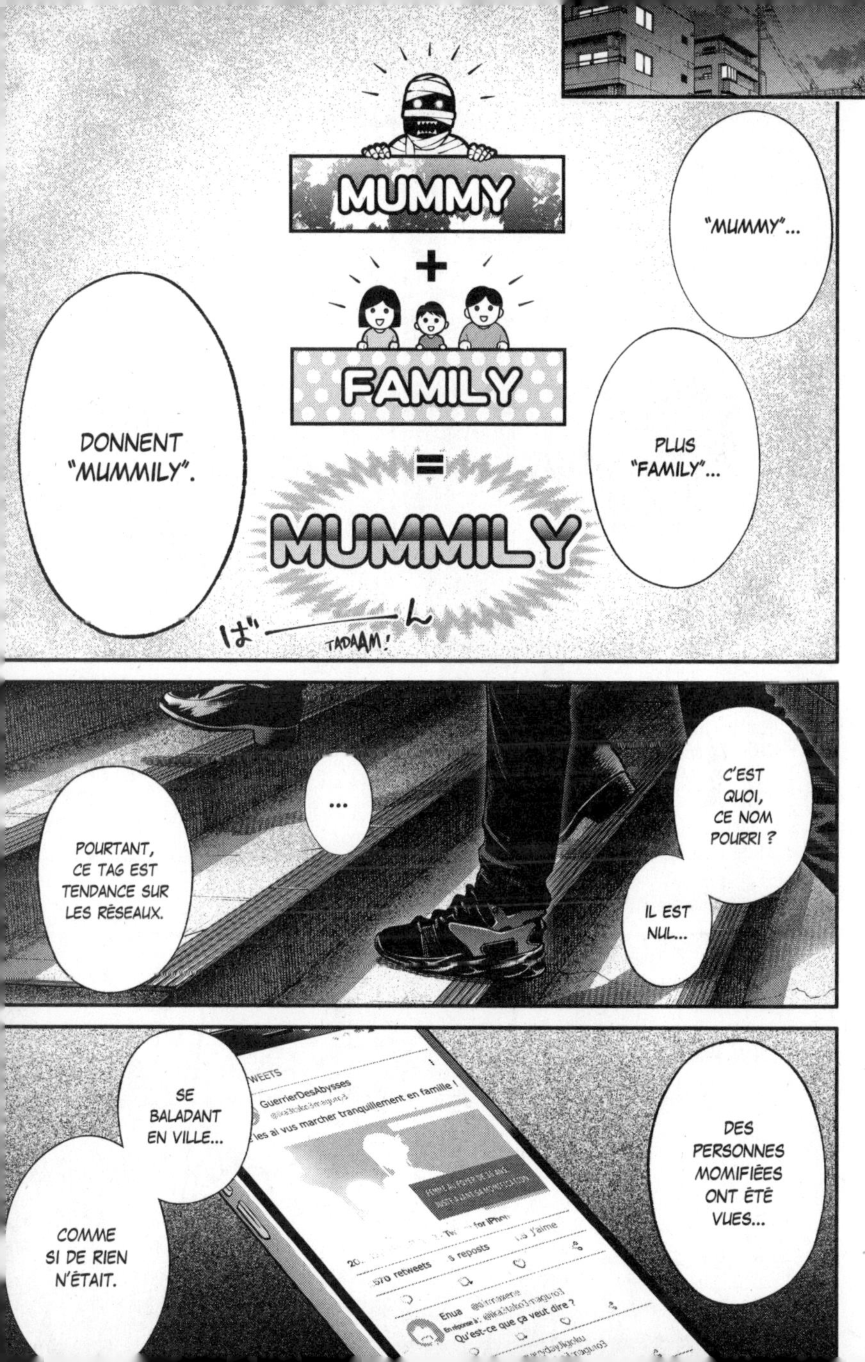
"MUMMY"...
PLUS "FAMILY"...
DONNENT "MUMMILY".
MUMMY
+
FAMILY
=
MUMMILY
ばーーーん
TADAAM !
C'EST QUOI, CE NOM POURRI ?
IL EST NUL...
...
POURTANT, CE TAG EST TENDANCE SUR LES RÉSEAUX.
DES PERSONNES MOMIFIÉES ONT ÉTÉ VUES...
SE BALADANT EN VILLE...
COMME SI DE RIEN N'ÉTAIT.
GuerrierDesAbysses
les ai vus marcher tranquillement en famille !
retweets
reposts
J'aime
Enua
Qu'est-ce que ça veut dire ?

dead
DAY 1
DAY 2
DAY 3
DAY 4
DAY
DAY 6
DAY 7
discovered
SI TOUT CECI EST VRAI...
CES CADAVRES AURAIENT ENCORE CONTINUÉ À "VIVRE"...
PENDANT UNE SEMAINE ENVIRON APRÈS LEUR MORT.
ET QUE DISENT LES FAMILLES ?
JUSTEMENT ...
TOUTES SANS EXCEP-TION...
DISENT N'AVOIR RIEN REMARQUÉ.
TAP
TAP
TAP
HUM...
STOP
EH BIEN, AVEC UN PEU DE CHANCE...
SOURIRE
ON VA RENCONTRER UNE DE CES MUMMILY AUJOURD'HUI !
PEUT-ÊTRE.

DING
DONG
?!
!!
GLOUPS
HEIN ? QUELQU'UN EST LÀ ?!
OH NON ! C'EST PAS VRAI !
UNE IDÉE DE QUI ÇA PEUT ÊTRE, HAYATO ?
STRESS
AUCUNE...
ET ON NE SE FAIT JAMAIS RIEN LIVRER...
STRESS
ILS NE DOIVENT PAS VOIR LA PIÈCE DANS CET ÉTAT !
IGNORE-LES !!
EUH... OUI !!
FATRAS DE CADAVRES...
DING
DING
PARDON DE SONNER SI TARD !
DONG
DONG

ON SAIT QUE VOUS ÊTES LÀ !
HÉ, MINUTE...
ON A PAS LE DROIT DE LES FORCER !!
C'EST LA POLICE !

Chapitre 3 : Tsukiko

ELLE NE RÉPOND TOUJOURS PAS...
PEUT-ÊTRE QU'ELLE EST SORTIE ?
Lieutenant Kyoichiro Sasazuka, commissariat de Dotsukano-Kita
ON REVIENT PLUS TARD ?
HEIN ?
MAIS IL Y A QUELQU'UN !
?????, commissariat de Dotsukano-Kita
JUSTE DERRIÈRE LA PORTE...
DZIING
DEUX ENFANTS ...
QUOI ?

IL N'Y A QU'UN ENFANT QUI VIT ICI, NON ?
SASAZUKA ?
POF
RAH, J'EN AI MARRE !
POUSSE-TOI !
BONSOIR, JE SUIS LE LIEUTENANT SASAZUKA DE DOTSUKANO-KITA.
NOUS AVONS QUELQUES QUESTIONS À VOUS POSER...
POURRIEZ-VOUS NOUS OUVRIR ?
CLAC
OH...
CRIII

ギィ CRIIK
MAIS, TU ES BLESSÉ ?
QUE S'EST-IL PASSÉ ?!
IL Y A UN AUTRE BLESSÉ À L'INTÉRIEUR.
AIDEZ-LE, S'IL VOUS PLAÎT.
VOUS ÊTES ...
VRAIMENT DE LA POLICE, HEIN ?
じっ… DZII

OUI !
TU ES SOUS NOTRE PROTECTION, DÉSORMAIS...
POLICE
NE CRAINS RIEN !
PFIUH...
AH, OUF...
IL N'EST PAS TOUT SEUL, EN EFFET...
ON Y VA !
PAR ICI ...
...

Chapitre 3 : Tsukiko

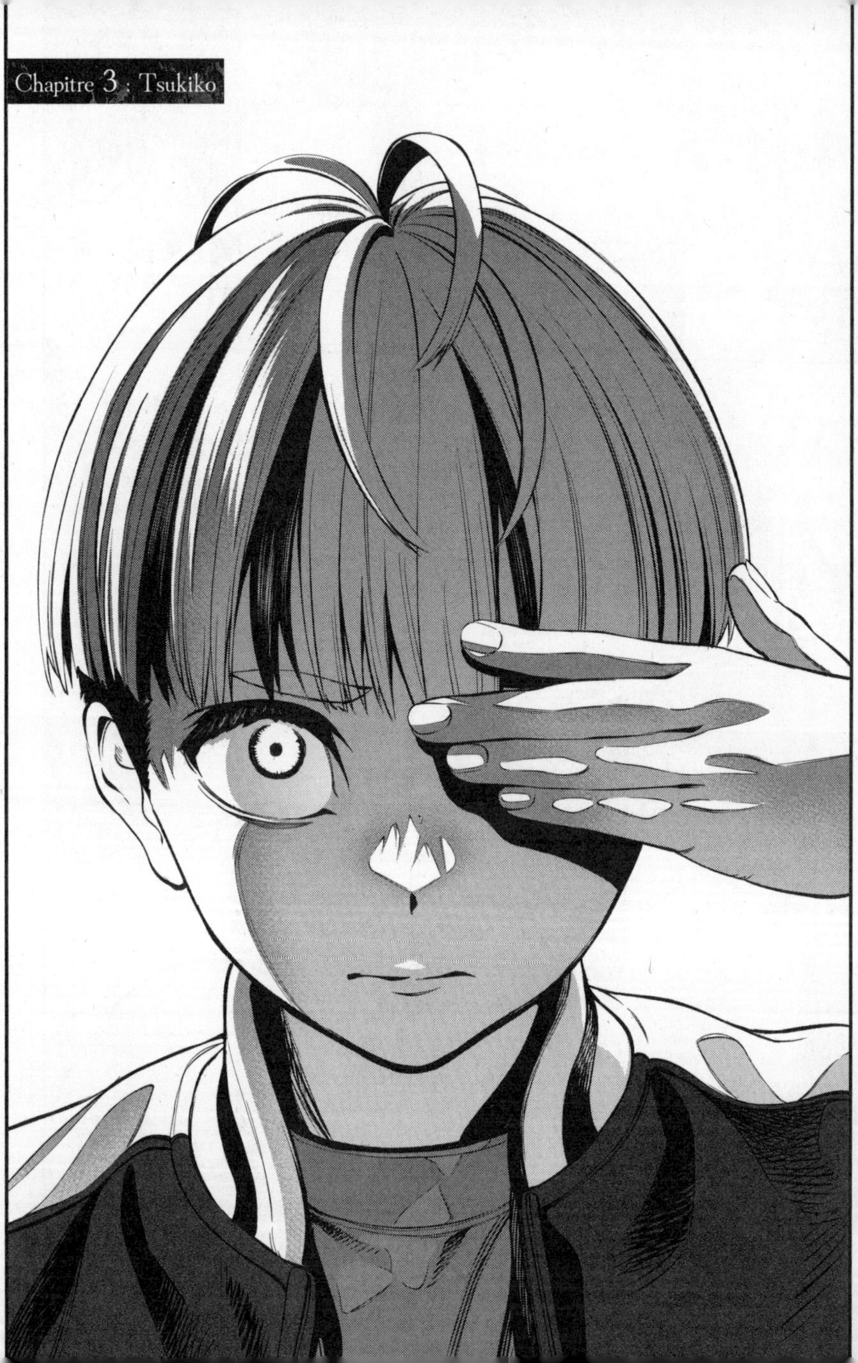

ピッ...
BIP
ピッ...
BIP
IL A SURVÉCU DE JUSTESSE, MAIS...
IL N'A TOUJOURS PAS REPRIS CONNAISSANCE...
ET SON ŒIL GAUCHE, HÉLAS...
AAH ...
QU'EST-CE QU'ON VA FAIRE, CHÉRI ?!
SEITA EST...
OUAH...
ÇA VA ALLER, KAZUE...
CE DOIT ÊTRE TRÈS DUR POUR VOUS...
JE COMPRENDS ...
MÊME SI NOUS L'AVONS ADOPTÉ, IL N'EN RESTE PAS MOINS UN URABE...
NOUS AVONS LAISSÉ CET ENFANT ÊTRE SI GRAVEMENT BLESSÉ !!
SI LA FAMILLE PRINCIPALE L'APPREND ...
QUEL CHÂTIMENT NOUS ATTEND ?
JE TREMBLE RIEN QUE D'Y PENSER ...
UUUH...
...

J'EN REVIENS PAS...
LEUR FILS EST DANS CET ÉTAT, ET C'EST CE QUI LES PRÉOCCUPE ?
CERTAINS PARENTS SONT VRAIMENT IRRESPONSABLES.
FLAP

DONC TU TE REPOSAIS DANS TA CHAMBRE...
ET LE PETIT TACHIBANA EST PASSÉ TE RENDRE VISITE...
ET QUAND TU T'ES LEVE...
TU AS DÉCOUVERT TA MÈRE MOMIFIÉE...
ET TACHIBANA EFFONDRÉ, COUVERT DE SANG ?
HEIN ?
EUH... OUI...
OUI, C'EST BIEN ÇA...
C'EST COMPRIS, HAYATO ?
RÉCAPITULONS TA VERSION...

LES HISTOIRES DE MOMIES SONT CONNUES ...
MAIS POUR CE QUI NOUS EST ARRIVÉ À NOUS...
TU PEUX TOUT RACONTER SUR TA MÈRE.
IL VAUT MIEUX NE RIEN DIRE !
POURQUOI MA MÈRE...
EST DEVENUE COMME ÇA ?
DITES ...

HUM, C'EST DIFFICILE À EXPLIQUER.
EST-CE QUE TA MÈRE ET TOI ...
AVIEZ DE BONNES RELATIONS ? ENFIN...
DANS SON COMPORTEMENT HABITUEL...
HUM ... COMMENT DIRE ÇA ?
EST-CE QUE TA MAMAN...
TE MALTRAITAIT ?
BLAM
AAAH...
IL EST BEAUCOUP TROP BRUTAL !!
BOBOM
!

ON CONSTATE DEUX POINTS COMMUNS ENTRE LES VICTIMES ...
RAH.
DE CES AFFAIRES DE MOMIFICATION.
① ELLES VIVAIENT AVEC QUELQU'UN...
② ELLES ÉTAIENT DANS UNE RELATION DE DÉPENDANCE.
CE SONT DES CONDITIONS ASSEZ COMMUNES...
C'EST POUR ÇA QUE NOUS CONTRÔLONS...
LES FOYERS QU'ON NOUS A SIGNALÉS COMME SENSIBLES...
ET TU AVAIS...
DES BLESSURES ET DES ECCHYMOSES AU VISAGE.

HEIN ?
MAIS NON, ÇA N'A RIEN À VOIR...
ÇA, C'EST JUSTE ...
PARCE QUE JE N'AVAIS PAS ÉTÉ SAGE.
MA MÈRE ÉTAIT GENTILLE AVEC MOI.
...
D'ACCORD.
RESTONS-EN LÀ POUR AUJOURD'HUI ...
VU QUE TU VAS DORMIR À L'HÔPITAL CETTE NUIT...
ON T'APPORTERA DE QUOI TE CHANGER.
SLAM

ÇA VA, HAYATO ?
POURQUOI ...
ILS M'ONT DIT CES TRUCS BIZARRES ?
COMME QUOI...
MA MAMAN M'AURAIT MALTRAITÉ ?
C'EST POURTANT ELLE, LA VICTIME !
C'EST MÉCHANT ...
HAYATO...
ILS SONT ÉTRANGERS À TOUT ÇA.
ILS NE POUVAIENT PAS DEVINER ...
LES RELATIONS QUE TU AVAIS AVEC TA MÈRE...

MAIS...
JE SUIS SÛR QU'ILS DISAIENT ÇA...
SNIF
PARCE QU'ILS S'INQUIÉTAIENT POUR TOI, EUX AUSSI.
TU CROIS ?
POUR ÊTRE FRANC...
ÇA M'A ENLEVÉ UN POIDS.
MOI, JE N'AURAIS PAS EU LE COURAGE...
EST-CE QUE TA MAMAN...
TE MALTRAITAIT ?
DE METTRE LES PIEDS DANS LE PLAT COMME EUX...
POUR ÇA QUE NOUS CONTRÔLONS...
LES FOYERS QU'ON NOUS A SIGNALÉS COMME SENSIBLES.
ET TU AVAIS...
DES BLESSURES ET DES ECCHYMOSES AU VISAGE.
VU QUE...
SEITA ?

MÊME CET AMOUR TORDU QUI LES LIAIT...
PRENDS SOIN DE LUI POUR MOI...
S'IL TE PLAÎT.
ÉTAIT ÉBLOUISSANT À MES YEUX.
AU FAIT, HAYATO...
LA PROCHAINE FOIS QU'IL TE CONTACTE...
RESTE BIEN SUR TES GARDES !!
?
DE QUI TU PARLES ?
DE CE JEUNE INSPECTEUR.
AH... CELUI AUX CHEVEUX NOIRS, LE BEAU GOSSE ?
OUI...
JE CROIS BIEN QUE...
ENFIN, C'EST MÊME SÛR...
IL A REMARQUÉ.

FWIT すすっ…
PENDANT L'AUDITION...
SON REGARD ÉTAIT TOUJOURS FIXÉ SUR MOI...
À L'INTÉRIEUR DE TOI !
GLOUPS
QUOI ? IL ME VOIT ?!
DZI!
HEIIIN ?!
IL N'EN A PAS DIT UN MOT, POURTANT.
FLIK
FLIK
NON.
IL NE DEVAIT PAS PENSER...
QUE C'ÉTAIT LIÉ À L'AFFAIRE EN COURS.
*土塚野北警察署
*Commissariat de Dotsukano-Kita

AAH, QUEL DOMMAGE !
ON N'ÉTAIT PAS LOIN DE VOIR...
UNE MUMMILY EN PLEINE ACTION !
SCRIC
CALME TA JOIE...
PENSE UN PEU À CE PAUVRE GAMIN !
IL A ÉTÉ ÉLEVÉ DANS DES CONDITIONS DIFFICILES ...
ET MAINTENANT, SA MÈRE EST DÉCÉDÉE...
IL DOIT SE SENTIR SEUL AU MONDE.
TAC
TAC
TAC
EN TANT QUE PÈRE, MOI AUSSI, JE... SNIF...
LE PAUVRE GOSSE ...
UGH
HEIIIN ?!
GARGL
SASAZUKA, NE ME DIS PAS QUE...
TU TE RETIENS DE PLEURER DEPUIS TOUT À L'HEURE ?
J'Y CROIS PAS ...
C'EST TROP DRÔLE !
BWAHA HA !
NE ME REGARDE PAS !

ALLEZ, JE SUIS SÛR QUE ÇA IRA...
POUR CES GAMINS...
"CES" GAMINS ?
SNIF
MÊME SÉPARÉS DE LEURS PARENTS ...
TANT QU'ILS ONT DES AMIS ...
CRIC
LES ENFANTS PEUVENT TROUVER LA FORCE DE VIVRE.
ET PUIS...
CE N'EST PAS COMME SI AVOIR UNE FAMILLE...
RENDAIT FORCÉMENT HEUREUX !
AH !
ÇA TE DÉRANGE PAS SI JE MANGE ?
...
FRRT
FRRT

SUPER !
À LA PRUNE SALÉE...
ON M'A...
DONNÉ L'ORDRE DE TE SURVEILLER PENDANT TA PÉRIODE DE PROBATION...
MAIS ÉGALEMENT ...
STOP...
ピタ
DE METTRE AU MIEUX À PROFIT...
TES MYSTÉRIEUX POUVOIRS...
PENDANT CETTE ENQUÊTE.
TU ES BIEN...
D'ACCORD AVEC ÇA ?

...
"RENDS-TOI UTILE AUX AUTRES"...
ぺろ…
SLURP
C'ÉTAIT LA DERNIÈRE VOLONTÉ DE MON PÈRE..
FLAP
バサッ
FLAP
バサッ
CUI
チュン
CUI
チュンッ
CHIP
CHIP
チチチ‥

FLAP
Quelque part, dans la préfecture de A

FLAP
FLAP
VRAIMENT ?
SEITA EST...
GRII
SCRR
MONSIEUR EST ARRIVÉ !
VITE, PRÉPAREZ LE THÉ !
TAP
TAP
TAP
PAR ICI, JE VOUS EN PRIE.
C'EST BIEN AIMABLE...

TSUKIKO ?
TU ES PRÊTE ?
OUI.

BWAHA HA !
C'EST FOU !
GRÂCE AUX ORACLES DE LA PETITE TSUKIKO ...
Genji Shimabukuro, conseiller préfectoral
J'AI ENCORE TOUT RAFLÉ AUX DERNIÈRES ÉLECTIONS !
JE NE SAIS PAS COMBIEN DE TEMPS CELA DURERA...
MAIS JE COMPTE SUR VOUS POUR CELLES QUI ARRIVENT !
...
NOUS SERONS TOUJOURS REDEVABLES...
GAHAHA !
ENVERS VOTRE MAISON !
MAIS NON, CE N'EST RIEN...
C'EST SURTOUT GRÂCE À VOTRE TALENT !
MOI, JE DOIS AVOUER ...
QUE JE NE SUIS PAS TOUT À FAIT CONVAINCU.
ICI, ET...
ICI.
POC

LES HABITANTS DE CETTE RÉGION...
SONT DÉJÀ FERMEMENT DÉCIDÉS...
FWIT
すっ...
すす、
FWIT
MAIS CEUX DE CE COIN-LÀ...
SONT ENCORE HÉSITANTS.
IL EST POSSIBLE DE LES FAIRE BASCULER AU DERNIER MOMENT...
SI VOUS VOULEZ BALANCER VOTRE ARGENT, FAITES-LE LÀ.
POF すとん
ARGH... TSUKIKO !
SURVEILLE TES PAROLES !!
HA HA, CE N'EST PAS GRAVE...
J'AIME SON FRANC-PARLER !!
*Genji Shimabukuro
BANZAAAI
BANZAAAI
C'ÉTAIT FORCÉMENT...
UN SIMPLE HASARD...
GLOUPS
ごく...

DEPUIS DES GÉNÉRATIONS, LA FAMILLE URABE...
PROSPÈRE DANS CETTE RÉGION...
EN PRODIGUANT SES ORACLES.
MAIS LA VOYANCE OU LES PRÉDICTIONS...
ASTROLOGIE INFAILLIBLE
WAZE
CHIRO MANCIE
Ligne du narrateur
Ligne de la célébrité
1/32e de sang russe
Ligne du stalker
Affinités avec quadrupèdes
Dons d'acrobate
Syndrome du garde du corps
TOUT EST INSCRIT DANS LES LIGNES DE VOS MAINS.
FENG SHUI
Oracles de l'eau et du vent pour notre époque moderne
Analyse individuelle des archétypes animaux
Les douze signes du zodiaque. L'origine de la divination ! Analyse des mouvements rétrogrades et ascendants.
LECTURE DU TAROT
Divination par votre nom !
C'EST DE L'ESCROQUERIE, TOUT ÇA !
SI MON PÈRE A REMPORTÉ CES ÉLECTIONS...
C'EST PARCE QU'IL A ARROSÉ TOUT LE MONDE AVEC SON ARGENT...
AH, TSUKIKO ! TU ES DE PLUS EN PLUS JOLIE...
DZIII...
POURQUOI SUIT-ON LES CONSEILS DE CETTE GAMINE ?
ÇA ME DÉPASSE COMPLÈTEMENT...

WAHAHA !
FSHH
MADE-MOISELLE ?
VOUS VOYEZ VRAIMENT DES CHOSES ?
VOUS DITES CE QUI VOUS PASSE PAR LA TÊTE, NON ?
JE VEUX DIRE... VOUS NE VOUS Y CONNAISSEZ PAS EN POLITIQUE...
BIEN SÛR QUE JE LES VOIS...
HMPF
MIEUX QUE VOUS, EN TOUT CAS !
FWIT
UGH...
GRR !
ET VOILA... ELLE EST TROP GÂTÉE !!
ÇA LUI A DONNÉ LA GROSSE TÊTE...

AU FAIT, JE N'AI PAS VU SEITA AUJOURD'HUI !!
FUU...
FUU...
IL ÉTUDIE À L'ÉTRANGER ?
GRMBL
HEIN ?
EUH...
DZII
APRÈS CE QUI EST ARRIVÉ...
EH BIEN...
IL EST PARTI VIVRE CHEZ DES PARENTS ÉLOIGNÉS.
IL NE SE SERAIT PAS...
SLURP
SENTI À SA PLACE, PARMI NOUS...
N'EST-CE PAS, CHÉRI ?
EUH ...
OUI ...

ILS SONT TOUS TELLEMENT...
INFECTS !
LE PETIT SEITA...
ÉTAIT ADORABLE ET PLEIN DE VIE.
REGARDEZ, M'SIEUR ! UN CAPRICORNE À POIS !
GRII
OH ?
GASP
EUH, AH OUI...
C'ÉTAIT LE SEUL QUI AVAIT...
L'AIR NORMAL, DANS CETTE FAMILLE.
ILS ONT DÛ LE CHASSER PARCE QU'IL NE RAPPORTAIT PAS D'ARGENT...
PAUVRE GOSSE...

IL N'EST PAS À PLAINDRE.
MURMURE
BOBOM
ドキッ
HEIN ?!
HMM ?
DE QUOI TU PARLES...
TSUKIKO ?
SEITA EST ALLÉ ÉTABLIR...
UN LIEN PRÉCIEUX.
IL DEVAIT QUITTER CET ENDROIT...
AFIN DE RENCON-TRER...
LA PERSONNE QU'IL FALLAIT.

IL N'A PAS ÉTÉ ABANDONNÉ.
DONC, IL N'Y A PAS...
DE RAISON DE LE PLAINDRE.
CELLE QUI NE PEUT S'ÉCHAPPER D'ICI...
C'EST MOI...

BIP
BIP
JE...
J'AI SURVÉCU !!
ALORS ?
TU PENSES POUVOIR RETOURNER DANS TON CORPS ?
DZII
OUI...
MAIS JE NE POURRAI SÛREMENT PAS BOUGER TOUT DE SUITE.
ALLEZ, JE TENTE !

ZUM
FWIT
MÊME S'IL EST DANS...
UN SALE ÉTAT...
MON CORPS EST TOUJOURS EN VIE !
TCHIC

QUOI ?

ハチン
DZZING
?!

T... TE REVOILÀ ...
ÇA VEUT DIRE...
QUE ÇA N'A PAS MARCHÉ ?
BOBOM BOBOM
ÇA M'A FAIT PEUR ...
BLÊME
JE N'AI PAS...
RÉUSSI À Y RETOURNER ...
OU PLUTÔT...

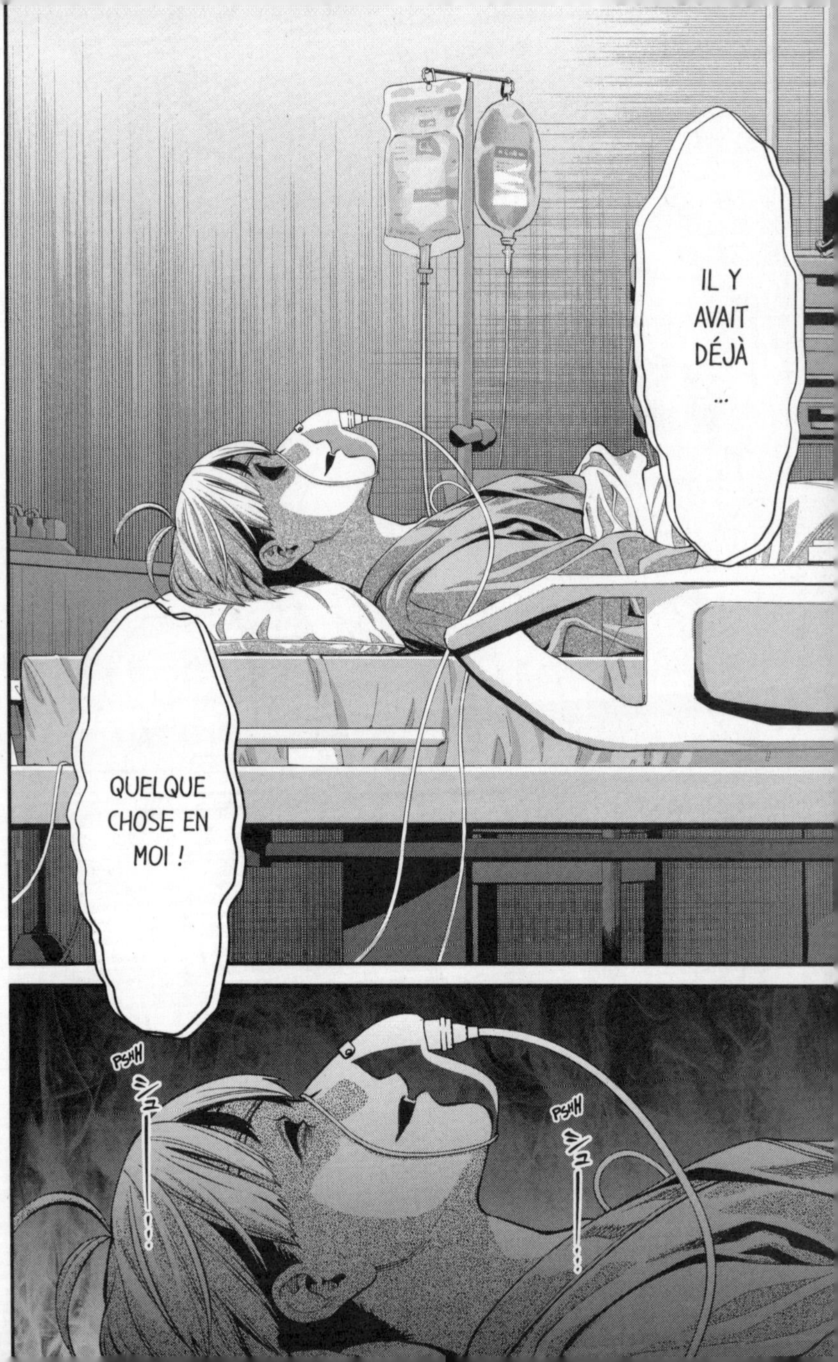
IL Y AVAIT DÉJÀ ...
QUELQUE CHOSE EN MOI !
PSHH
PSHH

IL Y AVAIT DÉJÀ...
QUELQUE CHOSE EN MOI !

HEIN ?!
STRESS
STRESS
QUELQUE CHOSE ? MAIS QUOI ?!
JE SAIS PAS...
MAIS C'EST SÛREMENT ÇA...
QUI M'A EMPÊCHÉ D'ENTRER !!
MAIS ENFIN !!
AH, TU ES LÀ...
FWIP
!!
GLOUPS
HAYATO !
?
BONJOUR ...
TOUT VA BIEN ?
JE VOULAIS TE PRÉSENTER QUELQU'UN...
SI TU ES D'ACCORD.

324
②
NOM :
HAYATO FUJIWARA
EH BIEN... CETTE PERSONNE A ÉTÉ...
DÉSIGNÉE POUR ÊTRE TON TUTEUR LÉGAL.
JE M'APPELLE TSUKASA HAMAGUCHI ...
Tsukasa Hamaguchi (43 ans), directeur général de Di Earth
EN-CHAN-TÉ.
MON TUTEUR ...
LÉGAL ?
C'EST ÇA.
POUR LE DIRE SIMPLEMENT ...
Qu'est-ce qu'un "tuteur légal" ?
MÈRE
ENFANT
PÈRE
Mineur ayant perdu ses parents
ENFANT
ENFANT
Un gardien est désigné = tuteur légal
C'EST LUI QUI VA VEILLER SUR TOI...
À LA PLACE DE TA MAMAN.

GRUMBL
ボソ…
DÉSOLÉ POUR...
CE QUI EST ARRIVÉ À TA MAMAN.
GRUMBL
ボソ…
NOTRE ÉQUIPE DE CHERCHEURS FAIT TOUT SON POSSIBLE...
POUR ESSAYER DE COMPRENDRE CE QUI A CAUSÉ SA TRANSFORMATION.
GRUMBL
ボソ…
DE CHERCHEURS ?
CE MONSIEUR DIRIGE ...
UNE ORGANISATION APPELÉE "DI EARTH".
ILS ONT RÉCUPÉRÉ LE CORPS DE TA MÈRE...
ET MÈNENT ACTUELLEMENT DES ANALYSES.
IL Y A CINQ ANS, ET DANS LES MÊMES CONDITIONS QUE TOI...
J'AI PERDU MA FEMME.

PHARMACEUTIQUE
SOINS
Di Earth
BIOLOGIE
CHIMIE
TERRE
J'AI ALORS UTILISÉ MES FONDS PERSONNELS...
AFIN DE CRÉER L'INSTITUT DE RECHERCHE SUR CES PHÉNOMÈNES DE MOMIFICATION SUBITE...
APPELÉ "DI EARTH".
DI EARTH ?
MONSIEUR ?
IL VA ÊTRE L'HEURE...
...
ENTENDU, NOUS PARTONS.

NOUS AVONS REMPLI TOUTES LES FORMALITÉS POUR TA SORTIE...
カラ… TCHAC
ET TES AFFAIRES ONT ÉTÉ DÉPOSÉES CHEZ MOI.
QUAND TU SERAS RENTRÉ, ESSAIE DE TE REPOSER.
ひょこっ FWIT
AH, ET... J'AI UNE FILLE DE DIX-SEPT ANS...
ゴゴゴゴ… DOOOOOM
ELLE A UN CARACTÈRE UN PEU DIFFICILE, MAIS...
ESSAIE DE BIEN T'ENTENDRE AVEC ELLE.
パタム… VLAM

EH BIEN, VU QUE TU CONNAIS MAINTENANT TON TUTEUR...
ET QUE JE N'AI PLUS DE QUESTIONS À TE POSER...
JE DOIS Y ALLER MOI AUSSI...
HEIN ?
TU POURRAS SORTIR DÈS DEMAIN !
DÉ... DÉJÀ ?!
À BIENTÔT !
ガラララ... ROLL ROLL
パタン VLAM
FLIP にょん
MAIS ...
オロ STRESS オロ STRESS
COMMENT ON VA FAIRE, JE SORS DEMAIN ?!
TU N'AS PAS ENCORE REPRIS TON CORPS...
ET MOI... JE DOIS ALLER CHEZ CE TYPE ?!
RESTE CALME, HAYATO...
POUR MOI, PAS DE PROBLÈME.
ぐすっ... SNIF

DE TOUTE FAÇON, CE QUI EST DANS MON CORPS...
NE POURRA RIEN EN FAIRE POUR LE MOMENT.
M... MAIS ...
TU AS BIEN VU, HAYATO...
DANS L'ÉTAT OÙ JE SUIS...
MÊME SI JE REPRENAIS CONSCIENCE...
JE NE POURRAIS ABSOLUMENT PAS ME LEVER.
PARDON, SEITA...
SNIF ずーん…
C'EST DE MA FAUTE ...
MAIS NON, ENFIN !
ARRÊTE DE CULPABILISER.

DZIM
BREF...
ON S'OCCUPERA DE MON CAS PLUS TARD.
Here we go !!
ALLEZ, VIENS !
ALLONS DÉCOUVRIR TA NOUVELLE MAISON !
SEITA M'IMPRESSIONNE...
MÊME DANS CES CONDITIONS...
IL ARRIVE À RESTER POSITIF...
MAIS MOI...
JE PENSE ENCORE À MA MÈRE.

MAMAN...
MÊME DANS UNE NOUVELLE MAISON...
ぴっかーっ
SHLING SHLING
JE NE T'OUBLIERAI JAMAIS, TU SAIS...
OUAH
たじ…
ZWIP
ADRESSE
C'EST GÉANT !

ENCHANTÉ, MONSIEUR HAYATO...
TRIIING
JE SUIS KAMIKAWA, LA GOUVERNANTE.
COURBETTE
KOF KOF
MON... MONSIEUR ? (LOL)
CHUT !
JE VAIS VOUS FAIRE VISITER !
ALLONS, ENTREZ !
VENEZ DÉPOSER VOS BAGAGES.
VOICI LE SÉJOUR...
C'EST GRAND !!
LA SALLE À MANGER ...
ET BEAU !!
ET ICI, LA PISCINE ...
Y A MÊME UNE PISCINE ?!
BON, C'EST L'HIVER...
PUIS, À L'ÉTAGE...
TOC TOC
C'EST IMMENSE, JE VAIS M'Y PERDRE !!

VOILÀ VOTRE CHAMBRE, MONSIEUR HAYATO !
IMMENSE—!
C'EST ÇA, MA ...
NOUVELLE CHAMBRE ?
MINUS
LE CHOC, PAR RAPPORT À AVANT...
GLOUPS
ひくっ
JE SERVIRAI LE GOÛTER AU SALON...
VENEZ MANGER QUAND VOUS VOUDREZ !
PRENEZ VOTRE TEMPS...
EUH ...
MERCI BEAU-COUP ...
COURBETTE
AU FAIT ...
LA CHAMBRE AU COIN À GAUCHE...
EST CELLE DE MADEMOISELLE RENA !

OH, IL ME L'A DIT, À L'HÔPITAL ...
QU'IL AVAIT UNE FILLE...
SMILE
ニコ
EH OUI, EN EFFET !
MADE-MOISELLE RENA EST SI BRILLANTE ...
ニコ
SMILE
MAIS...
ELLE A UN CARACTÈRE UN PEU COMPLIQUÉ ...
BRR
ブル
ブル
BRR
FSHH
FSHH
ダラ
ダラ
EN TOUT CAS, C'EST UNE JEUNE DEMOISELLE TRÈS BRILLANTE !
J'AI COMME L'IMPRESSION...
QUE CE N'EST PAS QU'"UN PEU"...
MAIS ELLE EST BRILLANTE, OK...
PFIOUH ...
ちょこん
SPOF

C'EST SUPER, HAYATO !
C'EST SI GRAND ICI...
STRESSE そわ
STRESSE そわ
UN PEU TROP ...
ÇA M'ANGOISSE.
MOI, MON PETIT APPARTEMENT ...
M'ALLAIT TRÈS BIEN.
C'EST LÀ QUE J'AI TOUJOURS VÉCU...
AVEC MA MAMAN...
...
DÉPRIME
...
IL EST ENCORE ...
SUBMERGÉ PAR SES ÉMOTIONS...
SOMMEIL
カク
ZWIP

AH LÀ LÀ...
ZZZ
UGH ...
TAP
TAP
FAIT FROID...
CLAC
?
HMM...
QUELQU'UN EST RENTRÉ ?
BOOOH
HEIN ? MAIS OÙ JE SUIS ?
JE RECONNAIS PAS CE PLAFOND...
FRRT
T'ES QUI ?
CES CHEVEUX LONGS...
MAIS OUI... MAMAN EST REVENUE...

HAYATO...
DEBOUT !
!!
TCHAC
ばっ
MAMAN ?!
MAMAN !!
OUAAAH !
SCOUIC

GNNNN
C'EST QUI, CE MEC ?
SWISH
LÂCHE-MOI...
VLAN
JE SUIS PAS TA MÈRE !!

MAIS...
DZIIING
AÏE !
ME VOILÀ, JE SUIS RENTRÉE DES COURSES ...
SHTAC
SHTAC
PLAF
EERK !
OUH LÀ LÀ ...
MADE-MOISELLE RENA ?!
DIS DONC, KAMIKAWA...
HUF...
HUF...
J'AI TROUVÉ UN INTRUS EN TRAIN DE PIONCER...
HAA...
HAA...
TCHIC
MAÎTRISÉ
QU'EST-CE QUE ÇA VEUT DIRE ?

C'EST LE MAÎTRE QUI A RECUEILLI CE GARÇON ...
JE VOUS L'AVAIS...
POURTANT DIT CE MATIN !
IL S'AGIT DE MONSIEUR HAYATO !
HMM ?
HMF
HMF
QUOI ?
HAA...
AAH...
のしっ
SCRIC
C'ÉTAIT DONC ÇA ...

GLOUPS
FRRT
DÉSOLÉE... JE T'AI FAIT MAL ?
J'AVOUE ...
JE SUIS UN PEU SUR LES NERFS AUJOURD'HUI.
POF
POF
J'AI EU QUELQUES ...
PETITES CONTRARIÉTÉS, EN CLASSE.
MERDEUSE
SALE CHIENNE
SALOPE
CRÈVE

BIENVENUE, HAYATO !
SNIF
ハラ
ハラ
SNIF
STRESS
オロ
オロ
STRESS
TU PEUX M'APPELER "MAMAN"...
"GRANDE SOEUR"...
OU CE QUE TU VOUDRAS ...
J'ESPÈRE QU'ON S'ENTENDRA BIEN...
TOUS LES DEUX ! ♡
ARGH...

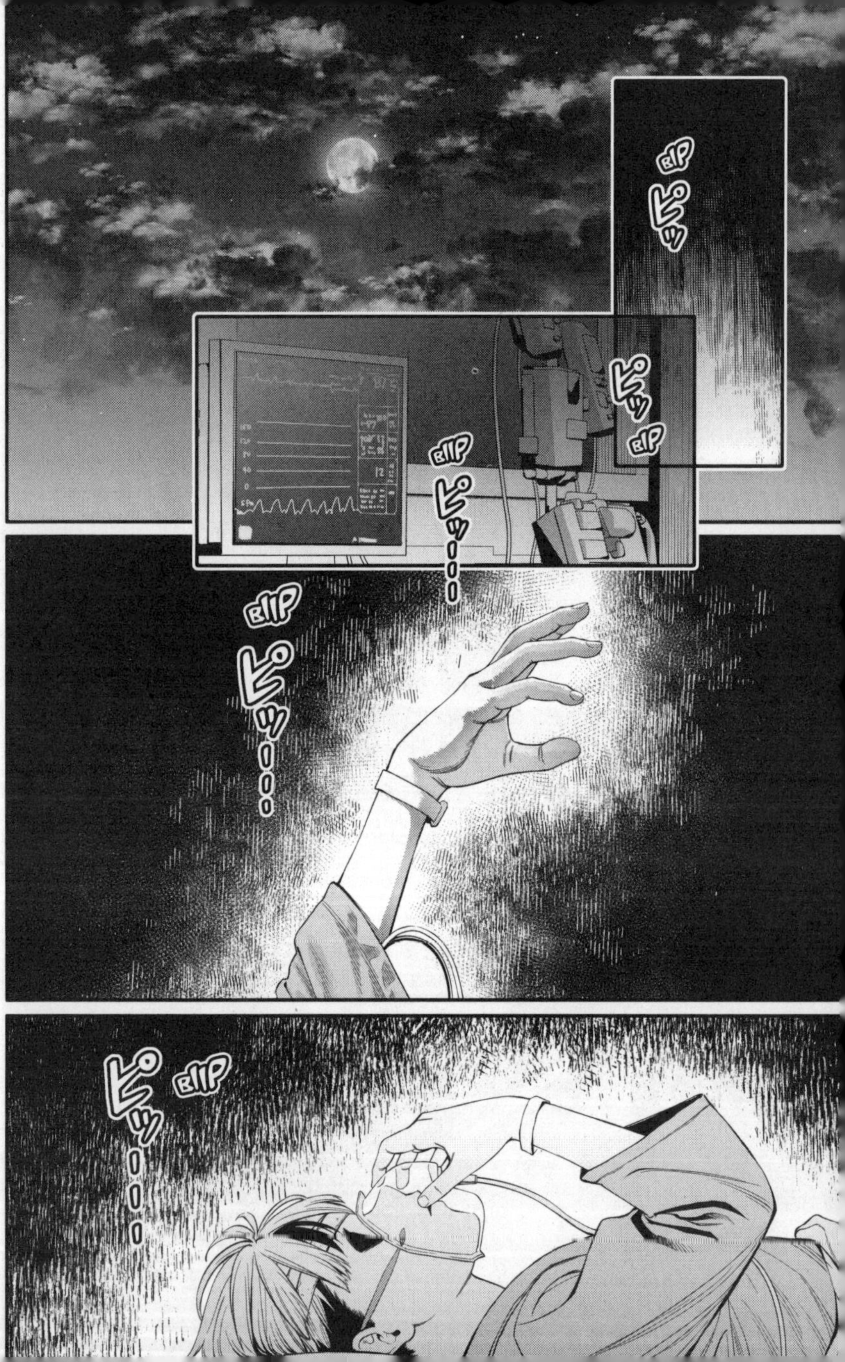
BLIP
ピッ
ピッ
BLIP
BLIP
ピッーーー
BLIP
ピッーーーー
ピッーーーー
BLIP

かぽ
SLAP
ムク…
FWIT
AAAH …
J'AI FAIM !

ECLIPSE
HUMAINE

ICU HO
SOINS INT
AAAH... J'AI FAIM !
SCOUIC
C'ÉTAIT QUOI ...
MON NOM, DÉJÀ ?
TAP
TAP TAP
COMMENT JE M'APPELLE ?
AH OUI !
SEITA TACHIBANA !

Chapitre 5 : Rena Hamaguchi

SEITA !!
VLAM
ガラッ
TAP
ドタ
TAP
ドタ
TAP
ドタ
TAP
OUF...
C'EST DONC VRAI, TU ES RÉVEILLÉ !
QUEL SOULAGE-MENT, HEIN CHÉRI ?
ON POURRA RESTER DIGNES DEVANT LA FAMILLE PRINCIPALE ...
OUI, OUF...
C'EST INCROYABLE ...
SA RÉMISSION A ÉTÉ FULGURANTE.

SES BLESSURES REMONTENT À DEUX JOURS À PEINE...
ET IL EST DÉJÀ SUR PIED.
POUR ÊTRE FRANC, JE PEINE À Y CROIRE.
DOCTEUR !!
JE DOIS PARLER AVEC MA FAMILLE...
VOUS VOULEZ BIEN NOUS LAISSER ?
EUH... OUI...
JE REVIENDRAI TE VOIR PLUS TARD.
NE FAIS PAS TROP D'EFFORTS, SEITA...
VLAM
DIS DONC, SEITA !!
AAARGH !
NE PARLE PAS COMME ÇA AUX MÉDECINS ...
ET S'ILS NOUS FACTURAIENT DES FRAIS SUPPLÉMENTAIRES ?!

!!
GASP ビクッ
JE SUIS DÉSOLÉ !!
STRESS オロ
STRESS オロ
PARDON, C'EST... MA FAUTE ...
J'AI ÉTÉ MÉ-CHANT ...
NE ME FRAPPE PAS, MAMAN !
MAIS ...
QU'EST-CE QUI TE PREND ?
SNAP ピク…
TIENS ?
AH, ZUT...
JE LES AI CONFON-DUES !
ケロッ OUPS
QU'EST-CE QU'IL A, CE PETIT ?
IL S'EST COGNÉ LA TÊTE ?

AU FAIT, MAMAN...
J'AI UN PEU FAIM...
AH !
GROUIC
TU PEUX ALLER ME CHERCHER UN TRUC À LA BOUTIQUE ?
HEIN ? QU'EST-CE QUE TU RACONTES ?
ON VA SE FAIRE GRONDER SI TU MANGES EN DEHORS DES REPAS !
AH LÀ LÀ, CET ENFANT EST IMPOSSIBLE...
TU ES INCONSCIENT, OU QUOI ?
TU VIENS À PEINE D'ÊTRE OPÉRÉ...
T'OCCUPE.
VAS-Y. TOUT DE SUITE.

OUI...
DZUM
JE VEUX UNE BRIOCHE ET UN SANDWICH À L'OMELETTE !
ET UN ONIGIRI AUX ŒUFS DE POISSON !
TITUBE
COMPRIS ...
QUE ...
QU'EST-CE QUI T'ARRIVE, KAZUE ?
VLAM
TU FAIS CE QU'IL DEMANDE SANS DISCUTER, MAINTENANT ?
PAPA...
RENTRE À LA MAISON !
OUI.
DZUM

Au même moment, dans la nouvelle maison de Hayato
TADAM !
CLING
SMILE
CLING
CLING
SMILE
CLING

EST-CE À VOTRE GOÛT...
J'AI TROUVÉ DU POISSON FRAIS AU MARCHÉ, ALORS J'AI PRÉPARÉ DE L'ACQUA PAZZA...
MONSIEUR HAYATO ?
OH ?
HMM
HMM !
EUH...
CH'EST TRÈS BON !
AH...
FWIT モタ
FWIT モタ
SPLOF ポロ...
IIK ひぃっ
GRR !!
GLOUPS ビクッ
DÉ... DÉSOLÉ...
KAMIKAWA ?
LA MAYONNAISE.

EUH... TOUT DE SUITE.
GRMBL...
TAP パタ
パタ TAP
TENEZ...
MERCI.
NE ME DITES PAS QU'ELLE VA VRAIMENT LE FAIRE...
?
ぶりゅ ぶりゅ ぶりゅ...
SPLOTCH
SPLOTCH
ENSUITE ...
ちゃっ FLITCH
UN FILET DE SAUCE SOJA...
ET VOILÀ !
NOOON...
BOUCHE BÉE...

GNOM
はんぐ
HMMM...
RETIENS BIEN LA LEÇON !
TRAAM !
AU FINAL, C'EST CE QUI RESTE DE MEILLEUR...
?!
VRAIMENT ?
MADEMOISELLE...
T'EN VEUX AUSSI ?
UUUH...
TU N'AS QU'À METTRE ...
UN PEU DE SAUCE SOJA SUR TON RIZ !
EUH ...
MAMAN ?
IL N'Y A RIEN DANS LE FRIGO...
JE NE...
BON...
ALORS JUSTE ...
LA SAUCE SOJA.

ちょろっ
PLIC
TIENS.
C'EST PAS PRATIQUE À LA FOURCHETTE...
OH...
MERCI BEAUCOUP.
MIOM
もぐ…
MIOM
もぐ…
EH BEN, TU VOIS ?
TITUBE
ケラ
ケラ
TITUBE
C'EST PAS SI MAL, NON ?

C'EST... C'EST BON...
PAS VRAI ?!
LE RIZ BLANC EST DÉCLARÉ VAINQUEUR !
FAUT DIRE QUE...
KAMIKAWA A FAIT DE L'EXCÈS DE ZÈLE AVEC DES PLATS ULTRA RAFFINÉS...
UN POISSON ENTIER, DES VIANDES CUITES AVEC L'OS, DU RIZ DANS UNE ASSIETTE...
MAIS C'EST COMPLIQUÉ À MANGER ...
ET IL Y EN A BEAUCOUP TROP.
VLAN
HIC
SNIF
HEIN ?! MAIS...
VLAN
POURQUOI TU PLEURES ?!
TCHAC

JE... JE NE SAIS PAS...
PEUT-ÊTRE QUE C'EST CE REPAS, SI BON ET CHAUD...
OU ALORS ...
もぐ
GNOM
PARCE QUE J'AI PLUS L'HABITUDE DE MANGER ACCOMPAGNÉ ...
JE...
JE NE COMPRENDS PAS, MAIS...
ひっく
FROTT
MES LARMES COULENT TOUTES SEULES ...
HIC
HIC
EXCU-SEZ-MOI.
FROTT
EN EFFET...
LA CUISINE DE KAMIKAWA...
ZWIP
すっ

はーん
TZAAM
EST SI DÉLICIEUSE QU'ON EN PLEURE DE JOIE !
OOW!
MADEMOISELLE...
きゅん
BOBOM
N'EN LAISSE PAS UNE MIETTE, C'EST COMPRIS ?
OH NON...
CETTE FILLE, RENA...

ENTENDU ...
ELLE ME RAPPELLE UN PEU LA MÈRE DE HAYATO...
FASCINÉ
LA MÊME ATTITUDE ...
AU FAIT, KAMIKAWA ...
QUE PUIS-JE POUR VOUS ?
OÙ EST PAPA ?
OH, LE MAÎTRE A DIT QU'IL RISQUAIT ...
DE RENTRER TARD AUJOURD'HUI.

JE VOIS...
AUJOURD'HUI AUSSI, C'EST ÇA ?
CLING
カチャ
?
HANATO
PFIUUH
AAAH...
J'AI LE VENTRE PLEIN...

TU AS DE LA CHANCE...
ILS ONT TOUS L'AIR GENTILS...
UN PEU SPÉCIAUX, MAIS BON...
OUI...
MAIS JE SUIS DÉSOLÉ POUR TOI...
ROLL ごろん
TU ES TOUJOURS À L'HÔPITAL...
MAIS NON, T'EN FAIS PAS...
JE SUIS DÉJÀ CONTENT...
QUE MON CORPS SOIT EN VIE !
DEMAIN, ON IRA ...
TE RENDRE VISITE.
LES HÔPITAUX SONT REMPLIS ...
D'ÂMES DE GENS DÉCÉDÉS.

UN VIEIL HOMME TERRASSÉ PAR LE CANCER...
UNE JEUNE FEMME VICTIME D'UN ACCIDENT DE LA ROUTE...
DES ESPRITS IGNORANT QU'ILS SONT DÉJÀ MORTS...
QUAND J'ALLAIS À L'HÔPITAL, PLUS JEUNE...
TIENS ?
OÙ EST SEITA ?
LÀ-BAS ...
C'ÉTAIT HORRIBLE, JE FINISSAIS TOUJOURS PAR ÊTRE POSSÉDÉ.
ET À CHAQUE FOIS...
TSUKIRU ?!
SPAF
TSUKIKO DEVAIT M'EXORCISER.
SBOING
BON ...
QU'EST-CE QUE JE VAIS FAIRE DE CETTE CHOSE ?

...
CE TRUC ...
N'ÉTAIT PAS HUMAIN.
ÇA N'AVAIT PAS L'AIR D'UN SPECTRE...
NI D'UNE SORTE DE DIVINITÉ...
NON, CE QUE JE VOIS DE PLUS PROCHE ...
C'ÉTAIT ...

GRMBL
JE DOIS LUI REPRENDRE MON CORPS !
HEIN ?
TU M'AS PARLÉ ?
CROC
CROC
CROC
NOM :
SEITA TACHIBANA
1

SCRUNCH
グジャ
SCRUNCH
グジャ
SCRUNCH
SCRUNCH
グジャ
SCRUNCH
グジャ
SCRUNCH
グジュ...
PLOC
ボタ
PLOC
ボタッ
PLOC
ボト
FRTCH
ガサッ
PFF...
ÇA M'A SOÛLÉ, L'HÔPITAL.

Chapitre 6 : Le mal s'éveille

ATTENDS, HAYATO !
OUI ?
JE VIENS DE VOIR...
MA MÈRE, LÀ-BAS !
SLIP
SLIP
HUM...
C'EST BIZARRE ...
GRMM
GRMM
ELLE A PAS L'AIR DANS SON ÉTAT NORMAL ...
TITUBE

REVENONS UN PEU EN ARRIÈRE...
À CE MATIN.
すや…
ZZZ
CELA NE FAISAIT QUE QUELQUES JOURS ...
QUE NOUS ÉTIONS DANS CETTE MAISON ...
HAYATO ?
HÉ !
RÉVEILLE-TOI !
PLOP
HMM ?

HAYATO !!
SE_ SEITA ?
Hmm...
VITE, RÉVEILLE-TOI !
Hmm...
QUOI ?
QUELQU'UN ARRIVE !
ENCORE CINQ MINUTES
VLAM
FRRT
TAP
TAP
TAP
TU VAS DORMIR ENCORE LONGTEMPS ?
ESPÈCE DE TIRE-AU-FLANC !!
FLATCH
J'AI FROIIID !!

MAIS RENA...
ON EST...
GLA
GLA
GLA
SAMEDI...
C'EST REPOS...
QUOI ?!
FRRT
SE LEVER DE BONNE HEURE ...
EST LA BASE D'UNE VIE SAINE !!
LE BON SOLEIL DU MATIN VA TE RÉVEILLER ...
AAAAH !
TZAAAM
TIENS !!
ET MA VIE LÀ-BAS...
DÉPÊCHE-TOI DE T'HABILLER ...
VLAM
ET DESCENDS AU REZ-DE-CHAUSSÉE !!
FSHH
COMPRIS ...
Y ÉTAIT PLUTÔT PAISIBLE.
OUAAAAH
TAP
TAP

SPLOTCH
ブリ…
SPLOTCH
ブリ
SPLOTCH
ブリ
SPLOTCH
ブリ
BONJOUR TOUT LE MON...
OUAAAH ?!
RECUL
GRMBL
ズモモ...
OH !
VOUS AVEZ BIEN DORMI ?
BONJOUR À VOUS...
MONSIEUR HAYATO !
POC
たんっ
NE VOUS EN FAITES PAS...
PSST
ヒソォ
ON DIRAIT QU'ELLE A EU DES PROBLÈMES AU LYCÉE, HIER...
ET QUAND ELLE RENTRE, À CHAQUE FOIS...
ÇA LUI DONNE UNE FRINGALE INCONTRÔLABLE DE MAYONNAISE.
もぐ"
GNOM
GNOM
もぐ"
UNE FRINGALE INCONTRÔLABLE DE... MAYO ?!
CHUT !

GNOM もぐ…
CLAC パカッ
ドサササ…
FRSHHH
TON CORTÈGE
VA MOURIR, SALE DÉCHET !
POURQUOI T'ES ENCORE EN VIE ?
CRÈVE CRÈVE CRÈVE
HEIN, ENCORE ? C'EST HORRIBLE…
BLA ザワ BLA
GLOUPS
N'Y…
N'Y FAIS PAS ATTENTION…
POF
D'AC-CORD ?

BOF...
GNOM
もぐもぐ
GNOM
C'ÉTAIT PAS GRAND-CHOSE...
UNE BANDE DE MOCHETÉS ET D'ABRUTIES...
ÉTOUFFÉES PAR LEUR JALOUSIE, C'EST TOUT.
BLAM
TCHAC
カタン
HUM...
ELLE A L'AIR D'AVOIR BEAUCOUP D'ENNEMIS.
TCHAC
HAYATO ...
TU AS QUOI DE PRÉVU, AUJOURD'HUI ?
MERCI POUR LE REPAS...
VOUS EN AVEZ AU COIN DE LA BOUCHE !
JE VOULAIS ALLER...
RENDRE VISITE À MON AMI À L'HÔPITAL.
AH OUI ?
DANS CE CAS, JE T'ACCOMPAGNE...
ON PART DANS CINQ MINUTES.
HEIN ? CINQ ?!

TZAAM
ALLEZ, EN ROUTE !!
ZIEUTE
きょろ
ZIEUTE
きょろ
?
HÉ...
HAYATO ...
EUH...
OUI !!
STRESS
わた
STRESS
わた
C'EST EMBÊTANT ...
QU'ELLE NOUS ACCOMPAGNE.
ON PEUT PAS DISCUTER TRANQUILLES.
PSS
PSS
C'EST VRAI...

DEPUIS L'INCIDENT...
J'AVAIS ÉTÉ TELLEMENT OCCUPÉ...
QUE JE N'AVAIS PAS PU RETOURNER PLUS TÔT À L'HÔPITAL.
ALLEZ, ON SE DÉPÊCHE !
MES CAMARADES DE CLASSE ...
AVAIENT TOUS ÉTÉ CHOQUÉS...
D'APPRENDRE LA MORT DE MA MÈRE ET L'HOSPITALISATION DE SEITA...
ET ILS S'ÉTAIENT MIS...
À M'ÉVITER DE NOUVEAU.
DÉSOLÉ SEITA...
J'AI MIS DU TEMPS À VENIR.
PSST
BAH, TU N'Y PEUX RIEN...

AU FAIT...
TU AS REMARQUÉ ?
QUOI DONC ?
QUELQU'UN NOUS SUIT...
DEPUIS QU'ON A QUITTÉ LA MAISON.
HEIIIN ?
TOC
TOC
FWIT
T'ES SÉRIEUX ?
SÛR ET CERTAIN...

HAA ...
HAA ...
HAA ...
MA PETITE RENAAA ...
OH, LUI ?
CE DOIT ÊTRE UN PERVERS ...
QUOI ?
C'EST PAS VRAI ?!
JE LE VOIS À SON AURA...
IL A L'AIR FRANCHEMENT PAS NET.
TU CROIS QUE JE DEVRAIS ...
METTRE RENA AU COURANT ?
HUM, JE SAIS PAS...
MIEUX VAUT ÉVITER DE LE PROVOQUER.
HÉ !
GLOUPS

土塚野市民総合病院
Tsuchitsukano General Hospital
QU'EST-CE QUE TU MARMONNES DANS TON COIN ?
L'HÔPITAL EST BONDÉ...
ESSAIE DE NE PAS ME PERDRE, D'ACCORD ?
GRAB
BOBOM
FRSHH
OUILLE...
ÇA L'A PEUT-ÊTRE PROVOQUÉ, ÇA...
AURA MEURTRIÈRE
SGRI
SGRIIK

ET VOILÀ OÙ NOUS EN SOMMES...
QUOI ?
IL A ÉTÉ CHANGÉ DE CHAMBRE ?!
QUE FAIT-ON ? ON NE PEUT PAS TE VOIR...
JE DEMANDE AU MOINS LE NUMÉRO DE TA CHAMBRE ?
HUM...
PLOP
ATTENDS, HAYATO !
JE VIENS DE VOIR...
OUI ?
TITUBE
TITUBE
MA MÈRE, LÀ-BAS !

MAIS OUI !
HUM...
C'EST BIZARRE...
ELLE A LE MÊME REGARD ...
QU'AVAIT HAYATO L'AUTRE JOUR !
GRMF...
GRMF...
JE DOIS VITE...
GRMBL
GRMBL
RAPPORTER CECI À SEITA...
FRIISH

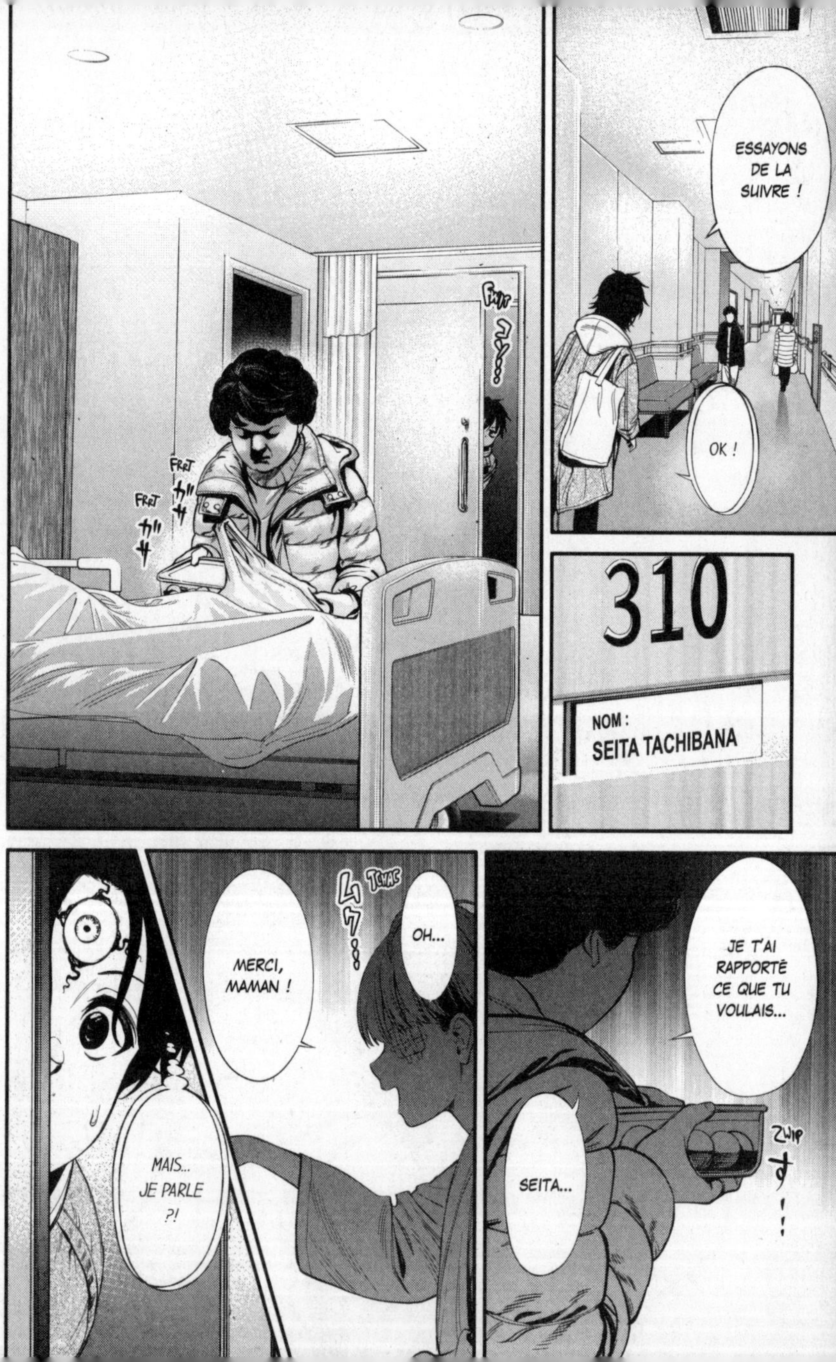
ESSAYONS DE LA SUIVRE !
OK !
310
NOM :
SEITA TACHIBANA
FWIT
FRRT
FRRT
JE T'AI RAPPORTÉ CE QUE TU VOULAIS...
SEITA...
ZWIP
OH...
TCHAC
MERCI, MAMAN !
MAIS... JE PARLE ?!

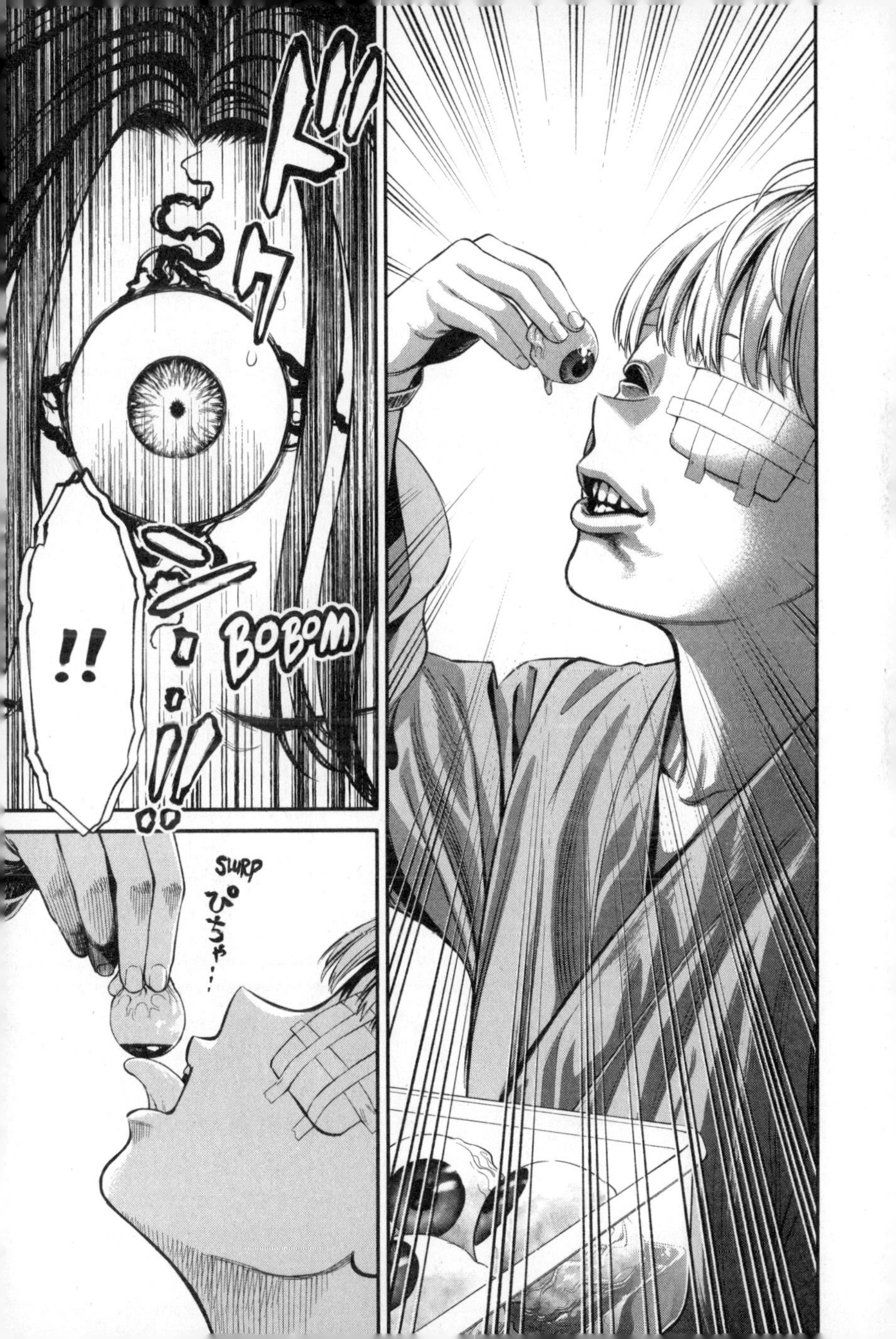
ドクン
BOBOM
!!
SLURP
ぴちゃ…

GLOUPS
ゴクッ
UGH...

ARGH !!
...
MAMAN ? LÀ-BAS...
LA PORTE EST OUVERTE ...
カラララ... ROLL ROLL
ピシャッ TCHAC
AH OUI ...
JE SUIS DÉSOLÉE...
ビチャッ SPLATCH
ビチャッ SPLATCH

FAIS UN PEU ATTENTION !
UN INTERSTICE SUFFIT POUR QUE LES MOUCHES PUISSENT ENTRER !
FLOTCH
OUI...
EXCUSE-MOI... SEITA...
ON NE COURT PAS DANS LES COULOIRS !
HAA...
HAA...

HUF...
T'AS VU ÇA...
SEITA ?!
HUF...
OUAIS !!
BOBOM
BOBOM
QU'EST-CE QUE CETTE CHOSE...
ÉTAIT EN TRAIN DE BOUFFER ?!
ÇA NE VA...
PAS DU TOUT...
JE DOIS LUI REPRENDRE MON CORPS AU PLUS VITE !
にちゃあ
SCOUIC

FSHH
FSHH
FSHH
J'ESPÈRE...
QUE HAYATO...
A PU VOIR SON AMI.
FSHH
FSHH
ON AURAIT DÛ AU MOINS...
LUI APPORTER UN BOUQUET...
FSHH
Éclipse Humaine — Tome 1 (Fin)

*N.D.T. : non traduit en français.

① Recher-cher des idées
TOUT D'ABORD, JE M'ENTRETIENS AVEC MON RESPONSABLE ÉDITORIAL.
UN TROISIÈME ŒIL, CE SERAIT CLASSE !
JE PENSAIS PARTIR SUR UN PERSO EN PRIMAIRE...
BONNE IDÉE !
JE RÉFLÉCHIS AUX PERSONNAGES, À L'UNIVERS, À DES SCÈNES FORTES, ET JE PRENDS DES NOTES...
② Collecter la documenta-tion
PUIS QUAND LES GRANDS AXES SONT DÉFINIS ...
DOCUMENTATION
POURQUOI JE M'ENDORS DÈS QUE JE LIS UN TRUC COMPLIQUÉ ?
J'ENCHAÎNE LES LIVRES ET LES VIDÉOS YOUTUBE SUR LES SUJETS DONT J'AI BESOIN.
③ Établir un premier story-board
JE COMMENCE PAR FAIRE UN PREMIER JET AU FIL DU PINCEAU...
SUR UNE FEUILLE BLANCHE A4
PAPIER A4
JE PLACE TOUT D'ABORD LES CASES ET LES BULLES DE TEXTE...
IL FAUT BEAUCOUP D'ESSAIS À CETTE ÉTAPE (LE DESSIN EST DÉJÀ DANS MA TÊTE).
ET JE COMPLÈTE LES DESSINS À LA FIN.
POUR OBTENIR LA STRUCTURE DU PREMIER CHAPITRE.
SI QUELQUE CHOSE NE ME PLAÎT PAS À CE MOMENT, JE LE MODIFIE TOUT DE SUITE (IL FAUT SAVOIR JETER CE QUI NE VA PAS).
LES ÉTAPES ① À ③ SE RÉPÈTENT DE NOM-BREUSES FOIS...

(EN PLEINE RÉUNION...)
ET C'EST À CE MOMENT-LÀ...
QU'UN DRAME EST ARRIVÉ !
EUH, MITSUCHIYOMARU SENSEI...
EN FAIT...
VOUS ALLEZ AVOIR UN NOUVEAU RESPONSABLE...
GASP
QUOI ?!
DÈS AUJOURD'HUI, VOUS VOULEZ DIRE ?
MAIS POURQUOI MAINTENANT ?!
MONSIEUR TAMADA, MON ÉDITEUR DEPUIS PRESQUE CINQ ANS, AVAIT ÉTÉ TRANSFÉRÉ...
OUIIIN, NE PARTEZ PAS, MONSIEUR TAMADA !
MOI AUSSI, ÇA ME REND TRISTE...
ŒUVRES CRÉÉES AVEC M. TAMADA
SEIJA NO KÔSHIN (À PARTIR DU T.07)
SEIJA NO KÔSHIN : REVENGE (TOUS LES TOMES)
(C'EST À PEU PRÈS TOUT...)
ET MA NOUVELLE SÉRIE A ÉTÉ CONFIÉE À UN AUTRE RESPONSABLE.
(LORS DES PRÉSENTATIONS)
SHING
JE SUIS FUJITA, VOTRE NOUVELLE RÉFÉRENTE !
J'AI HÂTE DE TRAVAILLER AVEC VOUS !
QUE VOIS-JE ?
BOBOM
C'EST UN ANGE ?!
MA NOUVELLE RESPONSABLE, MME FUJITA...
(ELLE A MÊME COURU SUR LE SABLE D'AOMORI POUR MOI, EN REPÉRAGE...)
COMME ÇA ?
HAA
HAA...
AVAIT UN TALENT INCROYABLE, SOUS SON AIR ANGÉLIQUE...
FUJITAAAA ?!
ESSAYEZ DE FAIRE UN SPRINT, POUR VOIR ?
CLIC
ET ELLE AVAIT DÉJÀ LANCÉ DES SÉRIES ULTRA-POPULAIRES !
PAS ÉTONNANT...
CLIC

SPECIAL THANKS : MME TSUKUYOMI (MODÈLE DE TSUKIKO)

STAFF LIST

Story-board : Mitsuchiyomaru
Dessins : Yuki Sato
Esaki Fumiya – Goubaru Kiyotaka – Tatsuro Sakaguchi
Tomomi – Shota Okubo – Tokishima
Moriura – Haruma Fujino
Responsables éditoriaux : Yu Fujita – Kota Takahashi

Responsable volume relié : Yuina Kato

Design du volume relié : Yuki Matsumoto

COLLECTION SHONEN

sui ishida

TOKYO GHOUL

L'homme est-il vraiment au sommet de la chaîne alimentaire ?

À Tokyo, sévissent des goules, monstres cannibales se dissimulant parmi les humains pour mieux s'en nourrir. Étudiant timide, Ken Kaneki est plus intéressé par la jolie fille qui partage ses goûts pour la lecture que par ces affaires sordides, jusqu'au jour où il se fait attaquer par l'une de ces fameuses créatures. Mortellement blessé, il survit grâce à la greffe des organes de son agresseur… Remis de son opération, il réalise peu à peu qu'il est devenu incapable de se nourrir comme avant et commence à ressentir un appétit suspect envers ses congénères. C'est le début d'une descente aux enfers pour Kaneki, devenu malgré lui un hybride mi-humain, mi-goule.

Série complète (14 tomes)

COLLECTION SHONEN

TOKYO GHOUL © 2011 by Sui Ishida / SHUEISHA Inc.

COLLECTION SHONEN

Tite Kubo

BLEACH

Lycéen de 15 ans, Ichigo Kurosaki possède un don très spécial : il peut voir les esprits. Un jour, attaqué par un monstre appelé Hollow, il rencontre Rukia Kuchiki, une Shinigami ou "dieu de la mort", qui lui confie accidentellement la totalité de ses pouvoirs. Ichigo doit alors apprendre à gérer sa vie de lycéen tout en assumant ses nouveaux devoirs de chasseur de démons.

Avec son graphisme soigné et son rythme trépidant, *Bleach* est définitivement le plus rock'n'roll des shônen d'action !

Un lycéen ordinaire au don particulier...

COLLECTION SHONEN
BLEACH
ブリーチ
BLEACH
ブリーチ
TITE KUBO
1 THE DEATH AND THE STRAWBERRY
ÉDITION FRANÇAISE
BLEACH © 2001 by Tite Kubo / SHUEISHA Inc.

shonenjump.com

COLLECTION SHONEN

Katsura Hoshino

D.GRAY-MAN

À la fin du XIXe siècle, des créatures maléfiques, les Akuma, ont envahi le monde. Issus des expériences scientifiques du Comte millénaire, ils s'attaquent aux humains, leur infligeant tristesse et désespoir. Défiguré et doté d'un bras de démon, le jeune Allen Walker met ses pouvoirs extraordinaires au service des exorcistes, une organisation secrète qui tente de combattre le Comte.
Avec son univers sombre et mélancolique, cette série fantastique et horrifique est une véritable œuvre d'art à part entière.

La chasse aux démons a commencé

COLLECTION SHONEN
D.Gray-man
vol. 1
Opening
D.Gray-man
星野桂
KATSURA HOSHINO
Glénat
ÉDITION FRANÇAISE
D.GRAY-MAN © 2004 by Katsura Hoshino / SHUEISHA Inc.